Annette Pehnt
Ich muß los

SERIE PIPER

Zu diesem Buch

»Dorst schob seinen Einkaufswagen von hinten sachte in Elners Hüfte. Elner drehte sich um, in der Hand eine frostige Spinatpackung. Ach nein, sagte sie und ließ den Spinat sinken. Der spanische Sekt ist im Sonderangebot, sagte Dorst, legte den Kopf schräg und wartete.« Unergründlich und scheu ist er, der Held in Annette Pehnts kraftvollem erstem Roman. Er läuft in den schwarzen Anzügen seines toten Vaters herum, erzählt als selbsternannter Reiseführer von Limonadebrunnen und Honigfrauen. Seine Phantasie ist grenzenlos, die Nähe zu anderen nicht. Vor allem nicht die zu seiner Mutter und ihrem neuen Freund. Erst als Dorst die junge Elner trifft, scheinen seine Zurückhaltung und seine Rastlosigkeit ein Ende zu finden. Lakonie und leiser Humor vereinen sich in Annette Pehnts Roman zu einer traurig-schönen Geschichte über einen jungen Mann und seine Verbindung zur Welt.

Annette Pehnt, Jahrgang 1967, studierte und arbeitete in Irland, Schottland und den USA. Heute lebt sie als Kritikerin und freie Autorin in Freiburg. Sie veröffentlichte bislang neben einigen Kurzgeschichten eine Monographie über John Steinbeck. Für ihren ersten Roman »Ich muß los« erhielt sie zahlreiche Preise, unter anderem den Mara-Cassens-Preis des Hamburger Literaturhauses. Beim Ingeborg-Bachmann-Wettbewerb 2002 wurde sie mit dem Preis der Jury ausgezeichnet.

Annette Pehnt

Ich muß los

Roman

Piper München Zürich

Für Herwig

Ungekürzte Taschenbuchausgabe
August 2002

Umschlag / Bildredaktion: Büro Hamburg
Isabel Bünermann, Julia Martinez, Charlotte Wippermann
Foto Umschlagvorderseite: Tim Thiel (oben), Getty Images / Stone (unten)
Foto Umschlagrückseite: Bille Haag
Satz: EDV-Fotosatz Huber, Germering
Druck und Bindung: Clausen & Bosse, Leck
Printed in Germany ISBN 3-492-23609-X

www.piper.de

1.

Als Kind sagte Dorst die Wahrheit. Wenn die Mutter ihn fragte, schmeckt es, sagte er oft ja. Manchmal auch nein. Dann konnte es passieren, daß sich die Augen der Mutter mit Tränen füllten. Das tat Dorst leid, aber er konnte ja nichts dafür. Er sagte dann, tut mir leid, Mami.

Schlimmer war es, wenn Omi fragte, und hast du denn deine Omi lieb, Spätzchen. Omi hatte eine laute Stimme, jammerte über Wasser in den Beinen und küßte Dorst zum Abschied gern auf die Lippen. Nein, sagte Dorst, nicht so doll. Omi tat so, als hätte sie nicht verstanden, und legte den Kopf schräg. Nein, sagte Dorst laut und deutlich. Omi ließ die Kaffeetasse auf den Tisch fallen und verbrühte sich. Sie rief nach der Mutter, und die Mutter sagte, sicher hat er dich lieb, Kinder können das nicht so ausdrücken. Gell, Schatz, du hast Omi lieb, und sie legte einen Arm um Dorst und führte ihn aus dem Wohnzimmer.

Als Peter in der Schule auf seiner Geige ein Stück vorspielte, fragte die Lehrerin die Kinder, hat er das nicht gut gemacht. Ja, sagte Dorst, aber er machte dabei immer so ein komisches Gesicht. Die anderen Kinder lachten. Peter lachte nicht. Dorst bekam eine Strafarbeit auf und einen Brief für die Mutter mit nach Hause. Darin stand, Ihr Kind ist taktlos und hat wenig Gefühl für andere. Bald merkte Dorst, daß niemand die Wahrheit mochte. Er beschloß, von nun an nicht mehr die Wahrheit zu sagen. Also schwieg er. Seitdem knackte sein Kiefergelenk beim Gähnen.

Später mit Elner versuchte er es noch einmal. Sie saßen zusammen unter ihrer Kamelhaardecke und tranken heißes Kräuterblut. Dorst öffnete und schloß den Mund vorsichtig, um das Knacken zu vermeiden, wie ein Fisch auf dem Trokkenen. Ist dir zu heiß, fragte Elner und schlug die Kamelhaardecke zurück. Ich muß los, sagte Dorst. Elner wußte, daß seine Wohnung leer und die Arbeit getan war. Warum denn jetzt noch, sagte sie. Es wird Zeit, sagte Dorst. Er stellte seine Tasse auf einen Bücherstapel. Nicht auf die Bücher, sagte Elner. Er warf sie auf den Boden, nicht heftig, beinahe behutsam. Sie kreiselte hohl über das Parkett, ohne Schaden zu nehmen. Elner richtete sich auf, stellte beide Füße auf den Boden und schloß die Augen. Dann schrie sie. Was willst du eigentlich, schrie sie, du Arschgesicht. Dorst staunte. Ja, guck nur. Du glaubst wohl, du könntest nach Belieben kommen und gehen. Pension Elner, liebevolle Betreuung ohne Aufschlag, Frühstück bis zehn. Gib den Schlüssel her. Der Herr will frische Luft schnappen, und ich sitz dann allein da. Mitkommen darf man auch nicht. Rück sofort den Schlüssel raus. Dann haben wir wenigstens beide unsere Ruhe. Elner, sagte Dorst, hob die Tasse auf und stellte sie auf eine Armlehne. Jetzt bin ich dran, schrie Elner. Du findest das wohl interessant, so rätselhaft. Für mich ist es nur Scheiße, aber daran denkst du ja nicht mal im Traum. Du hast keine Ahnung, was ich träume, sagte Dorst. Es ist mir egal, schrie Elner. Gib den Schlüssel her. Ich könnte genausogut mit einem Kater zusammenleben. Was ich brauche, ist dir egal. Sie hatte jetzt beide Hände auf die Knie gelegt und zu Fäusten geballt.

Egal nicht, sagte Dorst und versuchte die Wahrheit zu sagen. Es ist einfach zu stickig, ich muß los. Stickig, schrie Elner, stickig. Dann hau ab und laß dir den Wind um deine Scheißnase blasen. Dorst ging in den Flur und sagte noch einmal, Elner. Er hörte nichts und ging.

Die Mutter, die fand, daß Dorst zuviel alleine war, schickte ihn oft zu Gregor. Manchmal wollte Gregor lieber mit anderen Jungen spielen. Aber er fragte Dorst immer, willst du mit. Wenn Dorst sich traute, schüttelte er den Kopf. Oft ging er allein weg. Er mußte nur lang genug warten, bevor er nach Hause zurückkam, damit die Mutter nicht fragte, habt ihr euch etwa gestritten. Lad doch Gregor auch mal ein.

Während er wartete, drehte Dorst eine Runde. Am Kiosk kaufte er sich drei Sauerstäbchen und zweimal Mäusespeck, die er bis zum Hallenbad unter der Zunge auflöste. Er schaute durch das Sichtfenster mit den aufgeklebten Riesenmöwen auf das Schwimmbecken und zählte die in Gummi verpackten Köpfe im Wasser. Das Wasser sah von außen schwarz aus. Dorst stellte sich vor, es wäre wirklich schwarz, und die Leute wären alle mit einem hauchdünnen schwarzen Film überzogen, wenn sie in die Umkleiden gingen. Der Bademeister war blaß und hatte einmal zu ihm gesagt, du mußt den Kopf richtig eintauchen. Sonst siehst du aus wie eine lahme Ente. Du bist ganz schön blaß, hatte Dorst gesagt. Komm mir bloß nicht dumm, hatte der Bademeister gesagt, ich merk mir dein Gesicht. Seitdem war Dorst nur noch ungern schwimmen gegangen. Der Bademeister tat immer so, als wüßte er nicht, wer Dorst sei, aber Dorst wußte, daß er nur auf eine gute Gelegenheit wartete. Hinter den Heizturbinen schaute Dorst rasch in den Müllcontainer, weil er darin einmal ein Kofferradio gefunden hatte, das noch ging. Er rannte mit geschlossenen Augen über die Hundewiese und wettete mit sich selbst, daß seine Schuhe hinterher nicht beschmiert wären. Meistens waren sie es, und er mußte sie dann mit einem Stöckchen sauberkratzen. Früher, als es auf der Hundewiese noch nicht so viele Hunde gab, hatte er dort mit Gregor Drachen steigen lassen, bis Gregors Stoffdrachen sich fast einmal in der Stromleitung verfing. Danach durften sie nicht mehr.

Er kratzte die Schuhe ab, vor allem die Rillen an den Sohlen, und zählte die Hundebesitzer. Die Doggenfrau war da und wurde von ihrem Tier so kräftig gezogen, daß sich ihr Kreuz durchbog. Die Dogge steuerte auf einen Windhund zu, der abgemagert im Gras herumschnüffelte. Die Pinschertante eilte auf die Doggenfrau zu. Den Pinscher mit einem gehäkelten Mäntelchen hatte sie unter dem Arm. Die Doggenfrau versuchte auszuweichen, aber die Dogge wollte zum Pinscher, der sich aufgeregt unter dem Griff der Pinschertante wand. Dorst ging weiter. Im Neubauviertel probierte er die Affenschaukel auf dem neuen Spielplatz aus, auf dem nie ein Kind spielte. Auch hier traf er oft die Pinschertante. Vielleicht gab es aber auch zwei Pinschertanten, oder noch mehr, und sie sahen alle gleich aus.

Die neue Tiefgarage hatte ein Seitentor, das manchmal angelehnt stand. Dorst ging hinein, stand im Halbdunkeln zwischen den stillen Autos und roch Öl. Er räusperte sich und sang mit sehr hoher Stimme eine Melodie. Dann zählte er die leeren Stellplätze und ging nach Hause. Habt ihr schön gespielt, fragte die Mutter. Ja, sagte er. Wenn du lügst, wackelt deine Nase, hatte die Mutter früher immer gesagt. Deswegen drehte er sich unauffällig zur Seite.

2.

Dorst putzt sich vor dem Spiegel die Zähne. Er fährt sich mit gewachsten Fäden in die Zwischenräume, kratzt das Weiße von der Zunge und bleckt das Gebiß zur Kontrolle. Dann fährt er in die Stadt. Die Straßenbahn füllt sich mit Gerüchen, und im Gang verkeilen sich Buggys. Jemand legt den Sportteil seiner Zeitung auf Dorsts Knie. Von hinten zupft ein Kleinkind. Die Bahn bremst ab, alle nicken mit den Köpfen. Dorst sieht trübe einen Kiosk, einen Kirchplatz, eine Fachbuchhandlung. Er beißt sich in die Knöchel.

Dorst fährt oft mit der Straßenbahn. Manchmal kauft er sich ein Tagesticket für alle Busse und Bahnen in der Stadt. Er packt eine Thermoskanne mit Zitronentee und zwei eingewickelte Schinkenbrötchen in seine Tasche und fährt alle Linien ab. Das dauert vom frühen Morgen bis zum späten Abend. Er sitzt nahe bei der Tür, die Hände gefaltet auf der Rückenlehne vor ihm, und hört der elektronischen Stimme zu, die nach jedem blechernen Gongschlag nüchtern die Haltestellen verkündet.

An der Haltestelle Stadtmitte steigt er aus. Dort steht ein Mann mit einer Krücke, der um jede Hand die Griffe von zwei prallen Einkaufstüten geschlungen hat. Das Plastik schneidet in sein Handgelenk. Weil die Taschen so schwer sind, kann er die Krücke nicht heben. Er blickt sich um. Entschuldigung, sagt er zu einem dünnen Mädchen. Es dreht sich weg und zündet sich eine Zigarette an. Seine Nasenflügel weiten sich, und einen Moment lang steht er da und saugt die Luft ein. Was haben Sie denn in all den Tüten, fragt Dorst. Der Mann zuckt zusammen und dreht sich zu Dorst um. Dorst sieht, daß sein linkes Auge flüssig wie Eiweiß ist und keine Pupille hat. H-Milch, sagt der Mann. H-Milch, fragt Dorst. Die war im Angebot, sagt der Mann. Ein Liter eins zehn. Ich guck immer alle Prospekte durch. Das macht viel aus. Ja, sagt Dorst. Der Mann blickt sich wieder um. Soll ich Ihnen was tragen, fragt Dorst. Das dünne Mädchen klemmt sich Haarsträhnen hinter die Ohren und bläst Rauch auf den Fahrplan am Wartehäuschen. Nein, sagt der Mann, es muß schon so gehen. Seine Hände sind blutleer. Das wäre ja noch schöner. Er bewegt sich nicht von der Stelle.

Dorst geht durch die Innenstadt, an zwei Straßenmusikanten vorbei, die wild die Köpfe schwenken und mit den Füßen stampfen. Der Junge biegt sich um seine Gitarre, das Mädchen hat eine gelbe Geige unterm Kinn. Ihre Haare sind zu kleinen, festen Rollen gedreht, die sich wie Schwänze in die Luft sträuben. Sie wippen im Takt. Dorst wippt auch. Oft setzt er sich beim Gehen selbst einen Takt und pfeift leise dazu. Im Takt der Geigentöne und des schepprigen Gitarrenschlags bewegt er sich durch die Fußgängerzone.

Elner liebte das Sitzen. Sie konnte es stundenlang, verlagerte nur gelegentlich den Schwerpunkt, indem sie die Beine unter den Leib zog oder die Füße hochlegte. Sie hatte um das Sofa und die alten Sessel alles Nötige so angeordnet, daß sie nur die Hand danach auszustrecken brauchte. Nicht daß sie träge war; wenn sie Dinge erledigen wollte oder wandern ging oder kochte oder durch die Stadt eilte, war sie behende und hatte einen beherzten Schritt. Sagte Dorst. Du hast so einen beherzten Schritt, sagte er zu ihr, wenn sie nebeneinander liefen. Da sie ihre Zehen beim Laufen nicht einrollte wie er, konnte sie mit der ganzen Fußsohle auftreten und sich mit den Zehenspitzen abstoßen.

Aber wenn sie saß, dann saß sie, unverrückbar und behaglich. Dorst mußte irgendwann los und versuchte sie aufzuscheuchen. Du missionierst wieder, sagte sie. Im Namen der Beweglichkeit. Besser als im Namen von sonstwem, sagte er. Komm doch mal zur Ruhe, sagte sie, du brauchst einen ruhenden Pol. Ich muß los, sagte er nur.

Du hast Ameisen im Hintern, hatte seine Mutter immer gesagt. Ganz schlimm ist das. Mädchen sind da ganz anders. Die widmen sich einer Sache ganz und gar. Sie konnte nicht wissen, daß er stundenlang in der Tiefgarage stand und sang.

Oder wie geduldig er den anderen aus seinem Versteck beim Fußballplatz zusehen konnte. Nur wenn seine Mutter sagte, jetzt machen wir beide es uns mal richtig gemütlich, dann hielt er es nicht lange neben ihr aus. Er versuchte es, setzte sich so dicht neben sie, wie sie wollte, und ließ sie ihre Nase in sein Haar stecken. Aber nach einer Zeit wollte er zu Gregor oder seine Runde drehen. Du willst doch immer, daß ich zu Gregor gehe, sagte er in die Stille hinein. Dann ließ sie sofort ihren Arm sinken, den sie um seine Schultern gelegt hatte, und sagte, na los. Sie sagte es munter, aber Dorst bemerkte das Zittern in ihrer Stimme.

Der einzige ruhende Pol in der Stadtmitte ist die Honigfrau. Ihr kleiner Laden liegt in einer Seitengasse und ist unglaublich altmodisch. Als Dorst noch als Stadtführer arbeitete, führte er ganze Horden von Amerikanern, Japanern oder Berlinern in den Honigladen, und sie kauften alles leer. Die Honigfrau hielt den Überfällen mit Gelassenheit stand. Für das Geschäft waren sie gut. Niemand weiß, wie lange der Laden noch bestehen wird. Die Honigfrau macht keine Werbung. Man kennt sie, oder man kennt sie nicht. Außen am Laden hängt ein kleines, handgeschriebenes Schild, das man nur sieht, wenn man danach Ausschau hält.

Als Dorst eintritt, wird ihm für den Bruchteil einer Sekunde schwindelig in der Wärme des bittersüßen Wachsgeruchs. Er schließt kurz die Augen und wartet darauf, den Schritt der Honigfrau auf dem Linoleumboden zu hören. Wenn keine Kunden da sind, sitzt sie im hinteren Teil des Ladens, der durch einen gewürfelten Vorhang abgeschirmt ist. Dorst weiß nicht, was sie dort tut. Er stellt sich vor, daß sie Tee trinkt oder Honigwaben auskratzt. Vielleicht liest sie aber auch einfach nur Zeitung oder guckt vor sich hin. Als er die Augen öffnet, steht sie schon hinter der Theke. Sie ist eine zähe kleine Person mit ledrigem Gesicht und blanken

Augen. Dorst weiß nicht, wie alt sie ist, und glaubt nicht, daß sie jemals ein junges Mädchen gewesen ist. Sie sagt nie mehr als nötig, und ihre Stimme ist ausgetrocknet.

Morgen, sagt Dorst. Ebenso, sagt sie, nicht überrascht, da sind Sie ja. Es gibt keine Auslage und keine Dekoration. Lange Reihen mit Honiggläsern stehen auf beschichteten Spanbrettern, darüber Honiglikör, in drei großen Glasbehältern neben der Kasse die Bienenwachskerzen. Sonst nichts. Die Honigfrau holt die geriffelten Holzstäbe, die Dorst für die Honigprobe braucht. Den Rapshonig hatten Sie letztes Mal, sagt sie und gibt ihm ein Stäbchen. Sonnenblume? Vielleicht Schwarzwaldtanne, sagt Dorst und reicht ihr ein Glas. Sie öffnet langsam den Schraubverschluß, der sich schmatzend vom Gewinde löst, und hält ihm das Glas hin. Er taucht den Stab in den leuchtenden Honig, zwirbelt ihn zwischen Zeigefinger und Daumen und schiebt ihn in den Mund. Wunderbar, sagt er. Etwas bitter. Die Honigfrau versteht den Befund so, wie er gemeint ist, und legt stolz den Kopf zur Seite. Sie wissen schon, sagt Dorst. Zweimal, sagt die Honigfrau, nimmt das Glas und schwingt es leicht, bis der Honig zähe Wellen schlägt. Dann stellt sie es wieder zurück. Im Frühling hab ich wieder den Flieder, sagt sie. Da müssen wir wohl noch warten, sagt Dorst und schaut auf ihre Hände, die zwei Gläser mit Tannenhonig in Papier einschlagen, erst einen Bogen, dann noch einen Bogen quer. So ist es, sagt sie, stellt das Paket neben die Kasse, schaut durch das ungeputzte Fenster auf die Gasse und streicht sich das Hauskleid glatt. Was sie wohl nach Feierabend trägt? Oder am Wochenende. Dorst stellt sie sich in einem alten Frottee-Bademantel vor. Hosen sind undenkbar, Jogginganzüge erst recht.

Und Herr Hubert, sagt er. Ach Sie wissen ja, sagt sie. Er will nicht mehr. Und kann's nicht lassen. Dorst hat Herrn Hubert noch nie gesehen. Vielleicht liegt er hinter dem gewürfelten Vorhang und tut keinen Mucks. Spricht er, fragt Dorst. Nur, wenn ich mit der Jahresabrechnung komme, sagt die Honigfrau, die zeige ich ihm. Dann sagt er was. Sie wissen ja. Im Rechnen war ich noch nie gut. Dorst nickt, und beide lächeln. Aber Ihre zwei Honig, die krieg ich noch gerechnet, sagt sie. Dorst schaut in die blanken Augen und bezahlt. Den Honig packt er in die Tasche. Und wenn Sie ein Geschenk für Ihre Verlobte brauchen, sagt die Honigfrau. Dorst will ihr fast von Elner erzählen, wie jedesmal, und tut es nicht. Bis zum nächsten Mal, sagen beide gleichzeitig. Dorst stößt die Tür auf, die immer schabt, und tritt auf die Straße.

3.

Als Dorst sieben war, hungerte sich sein Vater zu Tode. Er war lange im Krankenhaus gewesen, kam endlich nach Hause, sehr blaß und mit unbeweglichem Gesicht, und ging am Arm der Mutter in sein Arbeitszimmer, wo sie das Gästebett für ihn gerichtet hatte. In diesem Zimmer blieb er. Aber wo soll dann der Besuch schlafen, fragte Dorst, als der Vater sich auf dem Bett ausgestreckt hatte. Es kommt kein Besuch, sagte die Mutter. Tante Lollo soll kommen, sagte Dorst. Tante Lollo kommt nicht, und Omi auch nicht. Die soll auch nicht kommen, sagte Dorst. Wann kommt denn Tante Lollo wieder, fragte er. Später, sagte die Mutter, und jetzt ist Schluß, hör auf. Tante Lollo brachte Dorst Lieder bei, die er in der Tiefgarage singen konnte, und fragte nie, ob er sie lieb hatte.

Die Tür zum Arbeitszimmer war immer geschlossen. In den ersten Tagen durfte Dorst manchmal hinein und stellte sich neben das Gästebett, auf dem sein Vater unbeweglich lag. Die Luft war stickig. Der Vater sprach nie als erster, er sah Dorst nicht einmal richtig an. Soll ich dir was vorsingen, fragte Dorst. Oder ich hole was zum Spielen. Der Vater sagte, du mußt nicht hier herumstehen, geh ruhig zu deinen Sachen. Bist du bald wieder gesund, sagte Dorst. Nein, sagte der Vater. Er sagte jedesmal nein auf diese Frage, und jedesmal fing Dorst an zu weinen. Ich sag dir nur die Wahrheit, sagte der Vater, das muß ein großer Junge schon ertragen können. Ich will aber, weinte Dorst, daß du jetzt mit mir spielst. Tante Lollo soll kommen. Du kannst nicht immer auf dem Gästebett liegen. Einmal rief er, du bist faul. Jedesmal kam seine Mutter dazu und schickte ihn aus dem Zimmer. Bald war die Tür abgeschlossen. Dorst hörte Würgen, es ging durch die Wände. Er wollte es gar nicht hören, er preßte sich Kissen gegen die Ohren. Nachts wachte er davon auf. Wenn er aus der Schule kam, war das Mittagessen oft noch nicht fertig. Ißt Vati auf dem Bett, fragte er. Er ißt gar nicht, sagte die Mutter, er ist zu krank. Hat er nicht riesigen Hunger, ich bringe ihm was. Du bringst ihm nichts, sagte die Mutter, komm mal her, und sie wollte ihn umarmen. Er wich aus, ich geh zu Gregor. Sei bitte zum Abendessen wieder da, sagte die Mutter, bitte. Wenn Vati nichts ißt, will ich auch nichts, sagte Dorst.

Nach der Schule ging er nun manchmal gleich zu Gregor, oder er drehte seine Runde. Jeden Morgen vor der Schule brachte er für den Vater ein Opfergeschenk an den Geheimplatz hinter der großen Alutonne. Manchmal saure Stäbchen, ein Wunderei, einmal sogar ein altes Spielzeugauto und ein Playmobilpferd ohne Sattel. Er legte das Opfergeschenk zwischen den Löwenzahn, faltete die Hände und drückte die Augen so fest zu, daß er orangene Striche sehen konnte. Das war ein Zeichen, daß er gehört wurde und seine Wünsche sagen durfte. Einmal durchzog ein Flugzeug, ganz hoch oben, langsam und lautlos den Himmel und zeichnete einen weißen Streifen. Da sagte Dorst deutlich, mach, daß Vati weg ist. Sofort erschrak er. Ich meine, aus dem Gästezimmer weg, sagte er schnell. Er schaute sich um, wußte aber nicht, bei wem er sich entschuldigen sollte.

Als er mittags nach Hause kam, war alles wie immer. Die Wohnung roch säuerlich, er hörte würgendes Husten. Du fährst bald zur Omi, sagte seine Mutter beim Mittagessen, das wässrig schmeckte, und ihr macht schöne Sachen zusammen. Zur Omi, sagte Dorst, nein, will ich nicht. Ich hab doch Schule. Frau Bries weiß Bescheid, sagte die Mutter. Wieder versuchte sie ihren Arm um ihn zu legen. Über Vati, er ist so krank. Du sollst lieber mit Omi etwas Schönes erleben. Ich will nicht zur Omi, sagte Dorst, ich will hierbleiben und Vati gesund machen. Die Mutter bekam zittrige Lippen. Dorst wollte auf ihrem Schoß sitzen, aber er lief in sein Zimmer und kippte alle Playmobilkisten auf dem Boden aus. Als das Würgen wieder anfing, haute er mit beiden Händen auf sein Bett und schrie, so laut er konnte.

Am nächsten Tag hatte die Mutter seinen Koffer und den kleinen Rucksack mit dem Bären gepackt, den er nicht mehr mochte. Ihre Lippen zitterten, und das Weiße in ihren Augen war rötlich. Ich fahr dich zur Omi, sagte sie. Mein Playmobil, sagte Dorst. Die Mutter bückte sich, raffte einen ganzen Armvoll Playmobil zusammen und stopfte alles in den kleinen Rucksack. Dann nahm sie Dorsts Kopfkissen, riß den Kissenbezug herunter und schaufelte noch mehr Playmobil hinein. Dorst stand an der Heizung und wartete. Ich sage Vati tschüß von dir, sagte die Mutter mit einer fremden, gepreßten Stimme, klemmte sich Koffer, Rucksack und Kissenbezug unter den Arm und nahm Dorst am Handgelenk.

4.

Tante Lollo war dick und wohnte in England. Sie trug weite Kleider, aus denen ihr Kopf herausragte wie ein fröhlicher Kürbis, und Holzklotschen, die den Schritt auf dem Fliesenboden hallen ließen wie Hufeklappern. Sie kam selten zu Besuch, aber Dorst wohnte zwei Sommer bei ihr. Seine Eltern brachten ihn hin und fuhren weiter, um gotische Kathedralen zu fotografieren. Dorst durfte bleiben, schüttete sich morgens Schokoladenstreusel auf den Toast und ging jeden zweiten Tag, ohne ein Wort zu verstehen, ins Kinderkino. Tante Lollo fragte ihn nie, was er später werden wollte. Wenn er sie fragte, Tante Lollo, was hast du für einen Beruf, dann sagte sie, welchen Beruf findest du denn gut. Dann sagte er, Lokführer oder Tierarzt oder Dschungelarzt oder Orgelspieler, und sie sagte, genau, das bin ich. Sie erzählte ihm Geschichten von todesmutigen Lokführern oder von dem Tierarzt, der sich mit einem Löwen anfreundete. Wenn er für die Playmobilmenschen Burgen baute, ließ sie sich auf ihre ballförmigen Knie nieder und saß wie ein freundliches Zelt neben ihm auf dem Teppich. Sie konnte kleine Teigzylinder mit Rosinen backen und holte an verregneten Tagen Plastiktüten mit feuchtem Sand aus dem Park. Die Tüten leerte sie in der Küche aus, und Dorst baute daraus Landschaften. Wenn das Telefon klingelte, meldete sie sich mit einer hohen, aufgeregten Stimme und kicherte viel. Sie ging fast nie aus dem Haus, aber ihre Backen waren immer rot.

Die Mutter wollte, daß Dorst Musiker oder Mediziner würde. Lange sagte Dorst, wenn man ihn fragte, was willst du denn mal werden, wenn du groß bist, Mediziner. Als er noch zu klein war, um das Wort auszusprechen, sagte er, Doktor. Aber Dorst konnte kein Blut sehen. Einmal fand er zusammen mit Gregor eine tote Amsel. Ihre Augen waren offen und blank. An einer Stelle waren ihre blauschwarzen Federn verklebt. Die blutet, sagte Gregor und holte einen Stock. Ich geh da mal ran, sagte er und stocherte mit dem Stock in ihren Federn. Dorst merkte, wie sich alle Geräusche plötzlich in einem hohen Summen auflösten und sein Magen sich zusammenkrampfte. Er setzte sich auf den Boden und hielt den Kopf in den Händen, bis die Geräusche wiederkamen. Dann lief er weg, ohne sich nach Gregor umzudrehen, der hinter ihm herbrüllte, Mensch, was ist denn, wir wollten sie doch beerdigen.

Zwei Jahre, nachdem sich Dorsts Vater zu Tode gehungert hatte, fand der Paketbote Tante Lollo tot im Vorgarten. Ihr Vorgarten war winzig, heckengesäumt und voller Löwenzahn. Weißt du, warum Löwenzahn Löwenzahn heißt, hatte Tante Lollo ihn gefragt. Weil es früher eine Sorte Löwen gab, die hießen Graslöwen. Die waren klein und grün und zäh. Sie fraßen keine Menschen, aber dafür Rasenmäher. Nachts schlichen sie in die Gartenhäuschen, Schuppen und Schrebergärten und fraßen den Leuten die Rasenmäher weg, mit Stumpf und Stiel. Weil die Leute ihren Rasen nicht mehr mähen konnten, wurden die Gärten ganz unordentlich, und das machte die Leute wütend. Sie gingen auf Safari und schossen alle Graslöwen tot, die sie kriegen konnten. Der letzte Graslöwe spürte, daß er keine Chance mehr hatte. Er versteckte sich zwischen Gartenzwergen und in Gießkannen, aber die Leute würden ihn finden, das wußte er. Da biß er ins Gras, so fest, daß seine Zähne darin steckenblieben. Da konnte er ja nichts mehr essen, sagte Dorst. Wollte er auch nicht, sagte Tante Lollo. Er wollte lieber verhungern. Und als er tot war, steckten immer noch seine Zähne im Gras, und die vermehrten sich wie wild, und bald wuchsen überall Löwenzähne. Die Leute rissen sie aus und streuten Gift, aber die Löwenzähne waren nicht totzukriegen.

Dorsts Mutter bekam einen Brief mit schwarzem Rand und einem Luftpostaufkleber. Am nächsten Morgen vor der Schule nahm Dorst den Brief, ging zu seiner geheimen Stelle und vergrub ihn dort zwischen den Disteln. Ich will, daß Tante Lollo nicht tot ist, sagte er. Er sagte es dreimal, dann kniete er sich auf die Disteln und rollte sich zur Seite.

Weil er aufgehört hatte, die Wahrheit zu sagen, konnte er Gregor nicht erzählen, daß Tante Lollo tot war. Gregor wollte mit ihm Groschen auf die Straßenbahnschienen legen und warten, bis eine Bahn käme, die die Groschen zu flachen Medaillen walzen würde. Gregor wartete auf den kleinen Sprung, wenn die Räder über den Groschen ruckten, und sammelte die Medaillen ein. Die entgleist, sagte er fachmännisch, wenn sie umkippt, sterben ein paar Leute. Oder brechen sich den Arm. Dorst wollte nicht sehen, wie die Bahn entgleiste, und sagte, ich muß los. Hosenscheißer, meinte Gregor. Das hatte er noch nie gesagt. Dorst spürte die Tränen und ein bitteres Gefühl im Hals. Zu Hause schaute er seine Sammlung von Groschenmedaillen an. Sie waren plattgewalzt und oval. Die Zahlen und das Bäumchen konnte man nicht mehr erkennen, nur noch feine Striche. Gregor hatte mehr.

Dorsts Mutter saß im Wohnzimmer und schrieb. Sie schrieb dauernd und wild. Nach der Beerdigung des Vaters, zu der Dorst nicht durfte, hatte sie damit angefangen. Dorst konnte ihre Schrift nicht lesen. Er hatte es versucht und eines ihrer Hefte angeschaut, als sie bei Kahlmann einkaufen war, aber er sah nur lange Kulischwünge. Was schreibst du, hatte er sie gefragt. Über Vati, sagte sie. Komme ich auch drin vor, fragte er. Zwangsläufig, sagte sie. Sie versuchte nicht mehr, ihn von hinten zu umarmen. Bin ich dann berühmt, wenn ich in einem Buch stehe? Ach Fröschchen, sagte sie. Berühmt mußt du schon selber werden. Wie denn, fragte er und wußte, was sie sagen würde. Vielleicht wirst du ein berühmter Mediziner und machst ganz viele Leute gesund. Oder Musiker, und du spielst so schön wie niemand anders auf der Welt. So wie Gapardo. Weißt du noch. Den wir mit Vati gesehen haben, im Münster. Gapardo hatte dürre Schultern und wenige, lange Haare gehabt. Der hat aber blöd ausgesehen, sagte Dorst. Es kommt nicht darauf an, schrie seine Mutter plötzlich, wie er aussieht. Was meinst du, sie schrie lauter, wie dein Vater am Ende ausgesehen hat. Ihre Backen wurden lila. Ihre Augen verschwanden in den kleinen Hautsäcken auf den Lidern. Mami, sagte Dorst, aber sie war so laut, daß sie ihn nicht hörte. Dorst ging in sein Zimmer und holte die Medaillen. Du kannst eine haben, schrie er, damit die Mutter ihn hören konnte, und hielt ihr den Kasten hin. Sie schüttelte die Hände. Dorst suchte eine besonders flache Medaille aus, legte sie auf die Kante des Couchtischs und ging wieder in sein Zimmer.

Er hatte schon oft ins Arbeitszimmer gehen wollen. Vielleicht hatte der Vater einen Zettel für ihn neben die Lampe gelegt. Aber die Tür war immer noch abgeschlossen.

5.

Elner versteckte den Schlüssel im Hausflur vor der Wohnungstür, damit er immer hineinkam. Einmal hatte sie ihm sogar einen Schlüssel geschenkt, in Seidenpapier gewickelt hatte er morgens neben seinem Croissant gelegen. Dorst erkannte die Form durch das Papier hindurch. Elner, sagte er. Sie schaute hinter den Haaren hervor. Elner hatte dicke Haarmengen, die unverrückbar auf ihrem Kopf lagen und über die Augen wogten. Dorst mochte Elners Haare. Manchmal packte er eine Handvoll und zog daran. Das Haar war so fest, daß ihr sein Griff nicht weh tat. Sie hielt den Kopf leicht dagegen und sagte, mach ruhig doller. Elner, sagte Dorst und schob ihr den seidenen Schlüssel zu. Du weißt doch noch gar nicht, was drin ist, sagte sie. Mach es doch erst mal auf. Behalt ihn, sagte Dorst. Elner faßte mit den Fingern an ihre Nasenwurzel und drückte den Knochen. Dorst griff nach ihrer Hand, da ließ Elner los und sagte, ich tu ihn vor die Tür. In ein Versteck. Plötzlich rieb sie sich die Hände, als wäre ihr endlich das Richtige eingefallen. Sie riß das Seidenpapier vom Schlüssel, ließ es auf ihr Croissant fallen und hielt den Schlüssel in die Höhe. Er war ganz neu und scharf gezackt. Dorst schaute hoch. Da warf sie ihm den Schlüssel gegen die Stirn und lachte.

Seitdem lag der Schlüssel unter der Fußmatte vor der Wohnung. Dorst klingelte trotzdem, bevor er die scharfen Zacken ins Schloß trieb. Er klingelte immer, obwohl Elner eine kleine schmiedeeiserne Hand an der Tür genagelt hatte, mit der man auch klopfen konnte. Dorst hatte es nur einmal probiert, es gab ein freudloses, metallisches Klacken. Du brauchst doch nicht zu klingeln, sagte Elner jedesmal. Jedesmal erwiderte er, ich will dich nicht auf frischer Tat ertappen.

Als klar wurde, daß sie ihn nicht zu Hause besuchen durfte, hatte es Kämpfe gegeben. Das hab ich ja wohl noch nie gehört, sagte sie. Er konnte es nicht erklären. Schämst du dich für deine Wohnung. Er schüttelte den Kopf. Hast du eine Frau zu Hause. Er schüttelte den Kopf. Willst du mich fernhalten. Er schüttelte den Kopf. Ich finde es hier schöner, sagte er. Und wenn ich mal bei dir sein will, fragte sie. Er schüttelte den Kopf. Und wenn ich dich brauche, sagte sie. Dann komm ich, sagte er. Ich will einen Schlüssel, sagte sie. Er stand auf und ging. In dieser Nacht hörte er draußen vor seinem Schlafzimmerfenster schabende Geräusche und ein schwaches Husten. Er war sich sicher, daß Elner bei ihm einbrechen wollte. Er stand auf, schloß, ohne in die Dunkelheit hinauszusehen, die Fensterläden und verriegelte sie mit den Metallhäkchen. Am nächsten Morgen fand er einen Zettel im Briefkasten, der ihm verbot, Elner zu besuchen. Also besuchte er sie nicht.

Er kaufte einmal in der Woche ein Netz Apfelsinen und schnitt sich die Fußnägel, putzte seine Schuhe und schrubbte jeden Morgen den Belag von seinen Zähnen. Öfter als sonst fuhr er Straßenbahn. In den Wochen ohne Elner sah er viele Frauen mit dicken Haaren. Das Blühen der Magnolienbäume endete in fleischfarbener Verwüstung. Ihm fiel nichts ein. Einmal stand er vor ihrem Haus und sah hinauf zum zweiten Stock. Er war sich fast sicher, daß sie hinunterschaute.

Im Supermarkt kaufte er stapelweise Steinofenpizza, die er zu Hause ungeschickt aus den feuchten Kartons schälte. Manchmal reihte er sich bei McDonald's in die Schlange. Was schmeckt denn hier besonders gut, fragte er ein Mädchen, an dessen Hals ein Lederband mit einem runden Stein hing. Ihre Schuhsohlen waren so dick, daß sie fast so groß war wie er. Ihre Brüste hatte sie in ein enges Sportleibchen gezwängt. Also das Menu ist geil, mit Apfeltasche und so, sagte sie. Aha, sagte Dorst und schaute auf die Leuchttafel über der Theke, auf der Apfeltaschen und dreistöckige Burger glommen. Das Mädchen musterte ihn. Find ich jedenfalls, sagte sie knapp. Darf ich dich einladen, sagte Dorst plötzlich, selbst überrascht. Nee danke, sagte sie, ohne zu überlegen, und schob sich von ihm weg. Doch wirklich, sagte Dorst und drängte ihr nach. Nee, echt, sagte das Mädchen, jetzt scharf im Ton, hallo Timmi, und sie zupfte einen Jungen mit weißblonden, feucht sich sträubenden Haaren am T-Shirt. Der Junge drehte sich zu ihr um, und sie flüsterte ihm etwas ins Ohr. Beide schauten zu Dorst herüber. Das Mädchen, den Oberkörper jetzt an den Jungen gelehnt, grinste. Timmi lachte nicht, sein Gesicht unter den lächerlich kurzen Haaren sah verdutzt und etwas verloren aus. Dorst drehte sich weg und trug auf einem Plastiktablett kleine Styroporkästen zu einem der freien Plastiksitze.

Manchmal saß in der hinteren Ecke eine ältere Frau mit breitkrempigem, blumengeschmücktem Hut und einem einteiligen Samtanzug. Sie trug eine maskenhafte Sonnenbrille und schien das Kichern um sie herum nicht zu bemerken. Auf dem Plastiksitz neben ihr saß ein schnauzbärtiger, ernster Hund. Sie schälte die Fleischfladen aus den schlaffen Brötchenhälften, kratzte saure Gurken und Senf herunter und reichte ihm kleine Happen. Wenn die Styroporkästen leer waren, stand die Frau auf, schob sich durch kichernde Grüppchen und holte mehr. Der Hund sah ihr ernst hinterher. Dorst versuchte seinen Blick einzufangen, während die Frau an der Theke sich nicht zwischen dem Farmburger mit Tomatenfetzen und fahlem Käsebelag und dem vierlagigen Luxusburger entscheiden konnte. Dem Hund hing ein Speichelfaden im Schnauzbart. Dorst schnalzte erst leise, dann eindringlicher. Das Gesicht des Hundes verfinsterte sich. Als die Frau mit dem beladenen Plastiktablett an ihren Tisch zurückkehrte, zeigte er keine Regung. Die Lippen der Frau bewegten sich unablässig. Heftig und lautlos vor sich hin murmelnd, strich sie die samtenen Hosenbeine glatt, setzte sich neben den Hund und öffnete alle Styroporkästen. Dorst nahm sich einen von seinem Tablett mit und sammelte darin Regenwürmer, um am nächsten Tag angeln zu gehen, aber dann traf er Elner wieder und vergaß die Regenwürmer. Sie vertrockneten im Styropor zu lakritzeähnlichen Fäden.

6.

Er traf sie in einem Supermarkt, in den er sonst nie ging. Zufällig war er daran vorbeigekommen, hatte spanischen Sekt im Sonderangebot gesehen und war hineingegangen. An der Wursttheke suchte er nach Fleischwurst für den Angelausflug. Heute ganz frisch reingekommen, sagte die Verkäuferin. Wieso, fragte Dorst, ist das etwas Besonderes. Kriegen Sie sonst die Wurst nur alle paar Tage. Der Verkäuferin fehlten am Ringfinger die oberen Glieder bis zum Knöchel. Die Schneidemaschine aus Stahl hinter ihr schien eine deutliche Sprache zu sprechen, aber vielleicht war ja auch alles ganz anders, vielleicht gehörte sie einer Sekte an, die neuen Mitgliedern die Finger beschnitten, oder jemand hatte sie nachts auf der Straße überfallen und ihr das Portemonnaie aus der Hand geschnitten, oder sie hatte als Kind nicht Geige lernen wollen und sich deswegen den Finger abgenommen. Dorst bereute seine Strenge. Die Verkäuferin war errötet und sagte, nein, also ich meinte natürlich heute wie immer. Ganz frisch. Dann geben Sie mir doch ein gutes Stück, sagte Dorst versöhnlich und drehte sich um. Da stand Elner versunken an der Tiefkühltruhe. Sie studierte Serviervorschläge auf tiefgefrorenem Rahmspinat.

Dorst dachte an das erste Essen, das sie für ihn gekocht hatte, eine Spinatquiche. Elner kochte großzügig. Die Zutaten türmten sich auf dem Küchentisch, auf Stühlen und Anrichten. Sie benutzte alle zehn Finger zum Umrühren und Abschmecken. Vom Salat riß sie alle Blätter ab, die ihr nicht gefielen. Das Dressing mischte sie in einem Marmeladenglas, drehte den Schraubverschluß fest zu und schüttelte es in einem sanften Rhythmus durch die Luft. Damit die Essigmoleküle zu den Ölmolekülen finden, sagte sie. Wenn sie am Markt vorbeikam, kaufte sie einen ganzen Rucksack voller Gemüse, aber oft lief sie auch durch den Supermarkt, griff nach rechts und links in die Regale und warf zu Hause alles in eine Pfanne. Die Spinatquiche hatte sie aus tiefgefrorenem Spinat gemacht, der sich nicht aus der Packung lösen wollte. Dorst fand in seinem Stück zwei durchgebackene Pappfetzen. Während Elner kochte, redete sie mit Dorst, der im Zimmer nebenan Keramikeulen vom Regal hob, Zeitungsstapel umschichtete und sich probeweise auf den Schaukelstuhl setzte. Elners Haar lag dick in ihrer Stirn. Sie fragte viel. Weil sie in der Küche war und Dorst nicht sehen konnte, zog er die Schultern hoch. Manche Antworten fielen ihm nicht ein, aber sein Schweigen wurde von anbratenden Zwiebeln überdeckt. Schließlich sagte er, ich bin froh, hier zu sein. Was, rief Elner, was hast du gesagt. Ich habe Hunger, sagte er.

Sie brachte alles an den Eßtisch, unter dessen eines Bein ein Brettchen geschoben war. Sie füllte Wein in Saftgläser. Ihr Gesicht war verschwitzt. Sie stießen an. Zwei Weinwellen entstanden und schwappten über die Ränder. Jetzt erzähl ich dir mal was, sagte Dorst und dachte nach. Er wollte ihr etwas Heiteres erzählen, eine Geschichte aus seinem Leben. Also wenn du so lange nachdenken mußt, sagte Elner. Einmal bin ich mit einem Freund durch die Lande gefahren, sagte Dorst, einfach so, mit den Fahrrädern, quer durch die Felder. Es war schon fast Abend, die Sonne war niedrig und mild. Der Himmel war irgendwie komisch. Wie irgendwie, fragte Elner. Irgendwie schummrig, sagte Dorst, neblig, ein bißchen dunstig. Die Sonne hing in dunstigen Schwaden und schien so vor sich hin. Und plötzlich waren da zwei Sonnen. Direkt neben der einen hing auf einmal noch eine, genauso rund, genauso dunstig. Verstehst du, zwei Sonnen. Zweimal Abendsonne. Sonnenuntergang mal zwei. Gregor und ich, wir sind von den Rädern abgestiegen und standen da, mitten im Weizen, auf einem Feldweg, und haben die beiden Sonnen angestarrt. Zuerst dachte ich natürlich, ich seh nicht recht. Gut, daß Gregor auch da war. Wir haben es zusammen gesehen. Wir standen neben den Rädern, vor uns dieses Sonnenpaar, und plötzlich haben wir laut gebrüllt vor Freude, ist ja irre, unglaublich, das muß ein Wunder sein. Und war es ein Wunder, sagte Elner. Es gibt wohl so etwas, sagte Dorst, durch das Licht und die Brechung, frag mich nicht, eine optische Täuschung. Aber das war uns egal, wir wußten es ja auch gar nicht. Für uns war es eine Doppelsonne. Wer ist denn Gregor, fragte Elner. Darum geht es gar nicht, fragte Dorst. Erzählst du mir später von ihm, sagte sie. Dorst stellte das Saftglas ab, streckte die Hand aus und legte den Zeigefinger auf Elners Lippen. Sie waren feucht vom Wein und hatten einen feinen grünen Spinatrand.

Dorst schob seinen Einkaufswagen von hinten sachte in Elners Hüfte. Elner drehte sich um, in der Hand eine frostige Spinatpackung. Ach nein, sagte sie und ließ den Spinat sinken. Der spanische Sekt ist im Sonderangebot, sagte Dorst, legte den Kopf schräg und wartete. Entschuldigung, Sie da, sagte hinter ihnen jemand laut. Sie drehten sich um. Ein bärtiger Einkäufer, der aussah wie ein Deutschlehrer, drängte sich an ihnen vorbei zu einer Frau am Gewürzregal. Zeigen Sie mal Ihre Taschen, sagte der Deutschlehrer laut, Ihre Taschen bitte. Wieso denn, fragte die schmale Frau und erbleichte, was wollen Sie. Ihre Taschen, sagte der Deutschlehrer und setzte seinen Einkaufskorb ab, in dem ein Paket Spaghetti und Dosenpilze lagen. Gut getarnt, meinte Dorst zu Elner, die im Gesicht schwitzte. Dorst wußte, daß sie sich heftig für andere schämen konnte. Als ob ich selbst dran wäre, hatte sie einmal zu ihm gesagt, es krempelt mich um, immer sieht man mir alles an. Elner faßte den Spinat fester und schwitzte zwischen den Augen. Was wollen Sie, sagte die schmale Frau wieder.

Der Deutschlehrer trat dicht an sie heran und sagte laut, direkt in ihr Ohr, stellen Sie das zurück, sofort. Danach bitte ins Büro, Anzeige und Hausverbot. Kann er das nicht leiser machen, sagte Elner. Dorst streckte eine Hand aus und strich ihr den Schweiß von der Nase. Die schmale Frau holte Gewürzdosen aus der linken Manteltasche, Kümmel, Koriander, ein Plastikrohr mit Vanillestangen. Ich wollte das doch bezahlen, sagte sie, was denken Sie denn, es gab keine Einkaufskörbe mehr, das können Sie mal dem Manager ausrichten, ich bin doch keine. Sie konnte nicht weitersprechen, weinte aber nicht. Ich bezahle das, sagte Elner, lassen Sie die Frau doch in Ruhe. Halten Sie sich da raus, sagte der Deutschlehrer und nahm die schmale Frau am Arm, lassen Sie uns bitte durch. Dabei war genügend Platz zwischen den Tiefkühltruhen. Komm, sagte Dorst. Jetzt warte doch mal, sagte Elner. Sie sah der schmalen Frau hinterher, die ihre Hand fest auf die prall gewölbte Manteltasche gelegt hatte.

Elner und Dorst gingen zur Kasse. An der Kiste mit Überraschungseiern beim Ausgang stand ein Mann, den Aktenkoffer zwischen den Füßen, hob ein Ei nach dem anderen hoch, führte es andächtig zum Ohr und lauschte dem Klappern. Auf der Straße zog Elner ein Rohr mit Vanillestangen aus der Tasche. Hab ich geklaut, sagte sie trotzig.

Sie gingen nach Hause, ohne sich anzuschauen. Dorst hielt sich mit den Tüten hinter Elner. An der Haustür brach ein Papiergriff. Dorst türmte sich die Sachen auf den Arm und sagte über den Spinat hinweg, kann ich reinkommen. Elner war schon auf der Treppe. Willst du meine Zucht sehen? rief sie von oben. Dorst trug die geborstene Tüte bis in die Küche. Da, sagte sie und zeigte auf die Fensterbank. In leeren Honiggläsern hingen Avocadokerne, auf Zahnstocher gespießt. Ihre nackten, runden Unterseiten badeten im Wasser. Sie hatten weiße Wurzeln getrieben. Das werden alles

Avocadobäume, sagte Elner. Ihr Gesicht war immer noch rot. Sie beugte sich über die sprießenden Kerne. Daneben standen das Keramikschaf, dem ein Pelz aus Kresse wuchs, und ein Bäumchen mit walnußgroßen Apfelsinen. Dorst hatte einmal versucht, eine zu schälen, aber als er die Schalen auseinanderlegte, war in der Mitte nur ein duftender Schleim. Schön, sagte Dorst, stellte sich neben die Avocadogläser und faßte Elners Ellbogen, die werden was.

7.

Elner fragte nicht mehr nach dem Schlüssel. Als Dorst am nächsten Tag wieder zu ihr ging, brachte er ihr eine überreife Avocado mit. Sie sah aus wie ein Schrumpfkopf. Sie spielten Scrabble und stritten sich wie immer. Mykatalog, legte Elner mit einer großzügigen Handbewegung. Elner, sagte Dorst mahnend. Elner murmelte etwas und legte Maykotalg. Mayko-Talg, den hat meine Mutter immer gegen Verbrennungen benutzt, sagte sie entschlossen. Dorst stand auf und holte das Wörterbuch. Da steht es nicht drin, sagte sie, du brauchst ein Arzneimittelverzeichnis, hab ich leider nicht im Haus. Dorst setzte sich und legte Xenientod. Dorst, sagte Elner. Bei Schiller, sagte Dorst. Wie immer gewann Elner wütend.

Dorst war beruhigt. Er faßte sie am Bauch. Ihr dickes Haar berührte seinen Mund. Er flocht ihr einen Zopf, zog fest an den Haarsträhnen und legte sie straff übereinander. Am nächsten Morgen waren die Haare noch geflochten, obwohl Dorst kein Band darum gebunden hatte. Manchmal flocht Elner ihr Haar beim Reden oder im Konzert, ohne es zu merken. Sie griff sich an den Kopf und legte die Strähnen fest ineinander, während sie sprach oder der Musik zuhörte. In der ersten Zeit gingen sie oft ins Konzert, später wollte Elner lieber zu Hause bleiben. Sie schauten nicht vorher ins Programm, gingen hin und fragten nach billigen Karten. Bei den hinteren Reihen warteten sie, bis alle saßen, schoben sich schnell nach vorne und drängten sich zu den freien teuren Plätzen durch. Was die Leute hier wollen, sagte Elner und sah sich um. Die hören doch sowieso nicht zu. Die schlafen reihenweise ein, wetten. Und die Klamotten. Elner hatte sich auch zurechtgemacht, und sie war stolz darauf. Die Haare hatte sie geflochten, um ihre Schultern lag ein indigofarbenes Tuch mit Mohnblüten, ihre Pluderhosen waren an den Schenkeln weit wie Segel und unten schmal. Dorst hatte sie eines seiner alten Cordjacketts geliehen. Auf ihren teuren Plätzen saß Elner sehr aufrecht, streng und vergnügt. Ich hasse Handtaschen, das ist eine einzige Handtaschenparade hier, wozu braucht man die eigentlich, sagte sie und drehte den Kopf in alle Richtungen, bis die Musik einsetzte. Hinterher durfte Dorst nicht klatschen, weil Elner das synchrone Tosen verschlafener Hände nicht mochte. Dabei war er nach jedem Konzert beifällig gestimmt. Er merkte sich die Komponisten nicht, aber der Takt ließ seine Fingerspitzen pulsieren. Manchmal summte er kaum hörbar mit, oder er schaute Elner beim Zuhören zu. Sie lauschte hingebungsvoll, aufrecht, mit geschlossenen Augen. Ihre Nasenflügel waren geweitet, als ob sie gähnen müßte. Dorst war froh, daß er nicht selbst auf der Bühne saß. Bei dem Geigenvorspiel in der Schule, auf dem seine Mutter bestanden hatte, war er mehlweiß nach vorne gegangen und hatte so nasse Hände gehabt, daß die Wirbel beim Stimmen auf den Seiten hin und her gerutscht waren. Er hatte Vivaldi ungestimmt spielen müssen. Auf den Gesichtern der Zuhörer war mildes Entsetzen zu ahnen. Die Geigenlehrerin hatte in der ersten Reihe heftig den Kopf geschüttelt. Hinterher weinte er. Wenn du bloß nicht so zappelig wärst, hatte die Mutter gesagt.

Nach dem Konzert wollte Elner wissen, wie es war. Schwer zu sagen, meinte Dorst. Der Cello-Einsatz bei Elgar, sagte Elner, also das ist einfach unglaublich. Du Stiernacken, sagte Dorst, wir gehen noch zum Fluß, und er schob sie am Nakken vor sich her. Dann muß ich los. Ihr Hals ruckte hin und her. Komm, sagte Dorst. Über dem Fluß lag ein seltsames Licht, ein milchiger Nebel über dem schwarzen, schnellen Wasser. Dorst summte ein wenig und ließ die Fingerspitzen auf Elners Nacken den Takt schlagen. Sie setzten sich ins Gras. Dorst hörte die späte Straßenbahn und das Lachen der Penner, die am anderen Ufer ein Lagerfeuer angezündet hatten. Elners Gesicht war heiß an seiner Schulter. Und was hörst du, fragte sie. Er machte eine sanfte Bewegung mit der Schulter. Elner legte ihre Wange an Dorsts Schlüsselbein. Dorst fing wieder an zu summen, Elner sang mit, etwas falsch, wie eine schlecht gestimmte Geige. Dorst schloß die Augen und versuchte, seine Stimme zu halten. Elners Töne erzeugten eine zärtliche Abweichung.

Früher hatte Dorst manchmal die Geige mit in die Tiefgarage genommen. Damals sang er schon nicht mehr, obwohl seine Stimme noch nicht quietschte wie bei manchen in seiner Klasse. Er übte auch nicht oft Geige, aber er wußte, daß ihr Klang in der Tiefgarage neu und anders sein würde. Er trug den Kasten und die Schulterstütze nach unten, als seine Mutter in ihrem Zimmer schrieb. Die Metalltür zur Garage war angelehnt, er trug die Geige in die ölige Dunkelheit, packte sie aus, spannte den Bogen. Vorsichtig ließ er die Haare über die Saiten laufen. Ein klarer, leicht schwankender Ton hallte zwischen den Autos. Dann ein tiefer, langer Ton, der nicht mehr aufhören wollte. Dorst spielte immer mehr Töne, die Dunkelheit war voll davon. Er stand in der Ecke neben der Metalltür, mit geschlossenen Augen. Die Töne gingen durch seinen Kopf und die Luft zugleich. Die

Hand strich auf und nieder, jeder Ton ein Strich, jeder Strich ein Ton, immer mehr. Auf einmal war der Raum grell erleuchtet, Dorst riß die Augen auf und ließ den Bogen fallen. Er hörte Motorenlärm, in den Öldunst mischten sich Abgase. Er packte den Bogen, die Geige, den Kasten und trat rückwärts durch die Metalltür. Niemand sollte ihn sehen. Als er in die Wohnung zurückkam, wartete seine Mutter. Wo hast du gesteckt, sagte sie. Ich wollte Gregor die Geige zeigen, erwiderte Dorst. Gregor spielt doch E-Gitarre, sagte die Mutter. Hast du überhaupt schon geübt. Bei Gregor, sagte Dorst. So schnell, fragte die Mutter. Wir mußten aufhören, sie haben Besuch, sagte Dorst. Seine Mutter will, daß er mit am Tisch sitzt. Es klingelte. Ja bitte, fragte die Mutter durch die Gegensprechanlage. Hier ist Gregor, hörte Dorst. Ist Dorst da?

Mittwochs mußte Dorst üben, denn donnerstags kam Frau Grabowski. Wenn Frau Grabowski klingelte, sprang Dorst auf. Sie bohrte den Finger tief in die Klingel und drückte. Wenn sie in der Wohnung war, nahm sie dagegen Dorsts Hand mit butterweichen, feuchten Fingern. Frau Grabowski trug braune, gebügelte Hosen und ockerfarbene Gesundheitsschuhe und sprach wie ein Mann. Und hast du schön geübt, sagte sie männlich. Ja, sagte Dorst und schmierte Kolophonium auf den Bogen. Das macht es auch nicht besser, sagte Frau Grabowski und sah ihn unverwandt an. Er stimmte und fing an zu spielen. Die Töne rutschten hin und her. Frau Grabowski stellte sich hinter ihn und packte seine Hand. Da mußt du streichen, sagte sie und schob seine Hand hin und her. Irgendwann kam die Mutter und brachte Cognac. Dann vergaß Frau Grabowski zuzuschauen. Sie blickte mit gerunzelter Stirn aus dem Fenster und schwenkte das Glas in der Hand. Jeden Donnerstagabend stritt sich Dorst mit seiner Mutter. Ich will nicht Geige lernen, sagte er, ich will auch E-Gitarre spielen. Aber du spielst doch schon so schön, willst du denn alles vor die Hunde gehen lassen, sagte die Mutter, jetzt denk doch mal daran, wie die berühmten Geiger geklungen haben, als sie noch klein waren. Ich bin nicht klein, sagte Dorst, und ich will nicht, daß Frau Grabowski noch mal kommt. Wir haben bis zum Sommer bezahlt, also komm, sagte die Mutter, und für mich ist es etwas ganz Besonderes, wenn ich dir zuhöre. Wenn du mal spielst. E-Gitarre würde ich viel öfter spielen, schrie Dorst, ich könnte mit Gregor eine Band aufmachen, Frau Grabowski ist ekelhaft. Sie ist einsam, sagte die Mutter. Das ist mir egal, sie hat glitschige Finger, ihre Stimme ist komisch, sie guckt mich dauernd an. Vati würde es sehr, sehr schade finden, wenn du aufhörst, sagte die Mutter. Vati kann es egal sein, schrie Dorst und trat gegen den Notenständer.

8.

Dorst fährt mit der Straßenbahn nach Süden. Die Häuser werden ausladender und behäbiger. Die Bahn endet an einem Waldcafé, das mit Hirschgeweihen geschmückt ist. Alle halbe Stunde ergießt sich ein Strom von Damen in das Café. Sie tragen Kniebundhosen und rote Strümpfe und stechen mit ihren Wanderstöcken in den Boden. Auf die Stökke sind gewölbte Metallmarken genagelt, auf denen steht Steiermark, Bedmeralb, Wallis. Mit kräftig schlenkernden Armen wandern die Damen ins Café. Dorst geht hinterher und sucht sich einen Platz. Zwei Damen rücken die Cappuccinotassen zusammen. Tut gut, die frische Luft, sagen sie, nicht wahr. Gerade an solchen Tagen, sagt Dorst. Man muß was für sich tun, sagen sie. Ja, sagt Dorst, so ist es. Wenn man nachlässig wird, sagen sie und wiegen sorgenvoll die Köpfe, der Hund braucht einfach Bewegung, sagt die eine. Dorst schaut kurz unter den Tisch. Da ist kein Hund. Ja, sagt er und bestellt einen Glühwein. Der Glühwein besteht aus einem Glas heißes Wasser mit einem Beutel. Wanderstöcke lehnen in den Schirmständern. Dorst preßt unauffällig die Finger auf die Ohren, läßt locker, preßt wieder, die Gespräche im Raum schwellen an und ab wie Meeresbrandung. Den Glühwein trinkt er in einem Zug. Mit leichten Verbrennungen in der Kehle und heißen Augen eilt er zur Straßenbahn.

In der ersten gemeinsamen Nacht mit Elner erwachte Dorst nach einem kurzen Schlaf. Er öffnete die Augen, sah nichts und hörte nichts. Er schloß die Augen und wartete. Dicht neben sich erkannte er das Surren eines elektrischen Weckers und Elners regelmäßigen Atem. Seine Augenlider klebten in den Winkeln fest. Er atmete ein und schwer wieder aus. Er mußte das Licht anmachen. Seine Kehle war eng und rauh, die Haut im Nacken naßgeschwitzt. Er griff nach dem Wecker und konnte die Zahlen nicht erkennen, suchte den Schalter, berührte Elner, das Kissen, endlich das Kabel der Lampe. In seinem Kopf schallte ein greller Ton. Er fand den Schalter, schob ihn nach oben. Ein mattes Licht schmerzte in den Augen. Elner lag mit dem Rücken zu ihm in tiefem Schlaf. Er legte sich beide Hände auf die Stirn und preßte, bis der grelle Ton schwächer wurde. Er sah im Zimmer umher. Das Licht schlug Wellen. Er lag still, die Hände auf der Stirn, atmete und wartete. Von draußen hörte er endlich einen Ton, der nicht grell war, ein leuchtendes Zwitschern.

Um halb sieben konnte er nicht mehr liegen. Sein Gesicht fühlte sich so straff an, als könnte die Haut an den Augen und in den Mundwinkeln einreißen. Er setzte sich auf und sah zu Elner. Sie hatte sich eingehüllt und war wie ein warmes, zugedecktes Tier. Dorst stand auf, spülte im Badezimmer den Mund aus und sah sich an. Sein Gesicht war gelblich. Er stand lange da, die Hände auf das Waschbecken gestützt, die Zehen eingerollt. Plötzlich war neben ihm ein zweites Gesicht, rot und warm. Elner stieß mit der Nase in sein Ohr und sagte, komm wieder ins Bett. Ich bin krank, sagte er jämmerlich. Elner trat einen Schritt zurück, was, nach unserer ersten Nacht ausgerechnet. Einfach so, aus heiterem Himmel. Sieht so aus, sagte Dorst. Er konnte sich nicht waschen, weil ihm bei dem Gedanken an Wasser auf der Haut die Kehle noch enger wurde. Er setzte sich an den Küchentisch und hielt seinen Kopf fest. Ich mach dir Tee, sagte Elner im Morgenmantel. Unten guckten ihre Schlafanzugbeine heraus, gemustert mit Küken.

Später sah er bei Kahlmann im Schaufenster ein Nachthemd aus schwarzblauer Seide. Wie der Nachthimmel hatte es sich um den Körper der Schaufensterpuppe geschmiegt, hatte die steifen Schultern gerundet und die eckigen Kunststoffhüften umspielt. Dorst stellte sich plötzlich Elner darin vor, das Nachtblau zwischen den weißen Leinenlaken, ihr zerzaustes Haar, dann Elner beim Frühstück, die weiten seidenen Ärmel gerafft, geheimnisvoll hinter der Zeitung lächelnd. Er ging hinein und kaufte, ohne nachzudenken, das teure Nachthemd, ließ es sich in weiches Papier einschlagen und in eine lackierte Tüte packen. Zu Hause war er sich nicht mehr sicher. Er sah Elner morgens zu, wie sie ihren Frotteeschlafanzug aufknöpfte, ihn in die Waschmaschine warf und unter die Dusche stieg. Dann ging er zurück zu Kahlmann, die lackierte Tüte am Arm, wo sie sich mit der Lederschlaufe des Regenschirms verhakt hatte. Er sah noch einmal ins Schaufenster, wo die Puppe in verheißungsvollem Nachtblau ihre Finger spreizte. Schließlich ging er hinein, fuhr mit der Rolltreppe in den zweiten Stock und stand zwischen Unterhemden, Bettjacken, Longshirts und Negligés. Eine Verkäuferin, mit dickem Haar wie Elner, räumte mit müden Handbewegungen einen Karton mit Angorahöschen aus. Entschuldigung, sagte er. Sie sah kaum auf. Ja bitte, sagte sie. Eine Frage, sagte er. Ja. Ich weiß nicht, wie ich es sagen soll, sagte er. Sie hob den Kopf, sah ihn an und richtete sich auf. Eine Hand legte sie auf die Hüfte. Ich möchte Sie bitten, das mal anzuprobieren, sagte er und reichte ihr die lackierte Tüte. Was, fragte sie. Er sagte nichts. Sie schaute in die Tüte. Ihr Mund stand leicht offen. Sie war nicht geschminkt. Ja, sagte er, bitte. Wie stellen Sie sich das vor, wo denn überhaupt. Er sagte nichts. Sie zog einen Zipfel des Nachthemdes aus der Tüte und fühlte die Seide zwischen den Fingern. Dann schaute sie ihn an, nahm die Tüte, sah sich kurz um und ging zur Damenumkleide. Er folgte ihr langsam. Vor der Umkleide setzte er sich auf einen gepolsterten Hocker und preßte die Zeigefinger an die Schläfen. Er beugte sich auf dem Hocker vor und schaute in die Umkleide. Der zweite Vorhang von rechts war zugezogen. Er hörte, wie sie ihre Schuhe auf den Boden stellte und gegen die Trennwand stieß. Dann wartete er noch einen Moment und ging hinaus in den Schneematsch.

Ich mach dir Tee, sagte Elner. Nein, wirklich nicht, sagte er. Ich kann nicht. Elner lagerte Dorst auf dem Sofa, schob ihm ein Hirsekissen in den Nacken und ein Lammfell ins Kreuz. Die Knochen brannten ihm im Leib. Ich muß bald gehen, sagte er fiebrig. Du spinnst, sagte Elner. Du gehörst doch jetzt hierher. Oder etwa nicht. Das Hirsekissen knisterte ihm in den Ohren. Oder etwa nicht, sagte Elner. Dorst machte ein Geräusch und nahm ihre Hand. Elner beugte sich über die verschränkten Hände und legte das Gesicht auf die Finger. Die Wärme ihrer Backe war wie ein Stempel. Der Rest des Tages entglitt ihm. Elner kam und ging. Einmal brachte sie Hühnerbrühe mit geschnittener Petersilie, an der er sich die Zunge verbrannte. Draußen riefen Kinder, ein Ball prallte gegen eine Wand. Alles klang gepolstert und fern.

Dorst dachte an seine Mutter, die keine Haare mehr hatte, bloß noch spröden Flaum. Darunter schimmerte ihre rosa Kopfhaut. Ich muß meine Mutter besuchen, unbedingt, sagte er ins Zimmer hinein. Ich kann ja mitkommen, rief Elner aus einem anderen Zimmer, aber nicht heute, rappel dich mal erst wieder auf. Wie ist sie denn so. Dorst wußte nicht, was er sagen sollte, und schloß die wunden Augen. Und, fragte Elner. Er hörte ihre Schritte und drehte sich zur Seite. Wie sieht sie denn aus, sagte Elner und stand über ihm. Sie hat keine Haare mehr, sagte er, aber das darf man ihr nicht sagen.

9.

Dorst fährt nach Norden. Im Gang steht eine Frau neben einem Kinderwagen. Sie hat den Kopf gegen die Scheibe gelegt und die Hände in die Taschen gesteckt. Ihre Augen sind geschlossen. Eine Dame stempelt ihre Fahrkarte und hangelt sich von Stange zu Stange auf den Kinderwagen zu. Manche Mütter mögen es ja nicht, wenn man schaut, sagt sie. Die Frau hört sie nicht. Ihr Kopf vibriert an der Scheibe. Ein Mädchen, sagt die Dame laut und zieht die Daunendecke zurück. Dorst hört ein hohes Greinen. Die Frau öffnet die Augen, zieht die Daunendecke wieder hoch und schaut aus dem Fenster. Es ist doch eine Freude, sagt die Dame wütend und setzt sich neben Dorst. Er sieht sie aus den Augenwinkeln. Dorst gähnt. Als sein Kiefergelenk knackt, schaut die Dame zu ihm herüber. Er wartet, daß sie aussteigt.

Nach Norden fahren nicht viele um diese Zeit. An der Endstation strecken sich die Parkplätze der Supermärkte und Großhändler. Neben der Haltestelle hat ein Bauer seinen Traktor geparkt und einen Obststand aufgebaut. Zwischen Kürbis und Kohlrabi wippt er auf den Fersen. Ist das Holundersaft, sagt Dorst und zeigt auf vier kleine Flaschen mit einer violetten Flüssigkeit. Wildschweinblut, sagt der Bauer nüchtern. Vor dem Wohnparadies schieben sich Jugendliche in Einkaufswagen um einen Parcours aus Sprite-Dosen. Wenn sie zusammenstoßen, brüllen sie einen gemeinsamen Schlachtruf. Ein Wagen kippt in der Kurve, aber das Mädchen in ihrer aufgeblähten Jacke und dick besohlten Gummischuhen ist gut gepolstert. Der Bauer hat die Arme verschränkt und schaut zu.

Das Wohnparadies ist so groß wie zehn Turnhallen, schwach beleuchtet und menschenleer. Die Verkäufer strekken sich in den Sitzecken aus und dösen auf Sofas. Im künstlichen Licht sind ihre Gesichter fahl. Der Lippenstift der Frauen scheint zu leuchten. Eine steht auf einer Trittleiter, den Kopf zwischen Kronleuchtern und Kutscherlampen. Eine andere kniet vor dem Backofen einer Fertigküche, als ob der Kuchen gleich fertig wäre. Als Dorst an den CD-Ständern vorbei in die Büroeinrichtungen wechselt, sieht sie ihn von weitem, steht auf, zieht sich den Rock herunter und läuft, geschickte Bögen um Fernsehtische und Lehnsessel schlagend, auf ihn zu. Tag, sagt Dorst. Kann ich Ihnen irgendwie helfen, sagt die Frau. Ich suche einen Schaukelstuhl, sagt Dorst und stellt sich einen vor, einen hölzernen, über der Armlehne eine Kamelhaardecke, daneben eine Stehlampe, ein Büchertisch mit geschwungenen Beinen. Und haben Sie auch Kamelhaardecken, sagt er. Da müssen Sie nach nebenan ins Bettenparadies. Ihre Ohrringe sind so schwer, daß sie ihre Ohrläppchen nach unten ziehen. Hoffnungsvoll schaut sie ihn an. Also einen Schaukelstuhl dann, sagt Dorst. Wissen Sie, so einen aus Holz. Ich bin gar nicht sicher, ob wir sowas führen, sagt die Frau, und sie kann sich nicht entscheiden, ob sie Dorst stehenlassen und fragen gehen oder bei ihm bleiben soll. Dorst setzt sich wieder in Bewegung. Sie hält Schritt. Ihre Stimme wird plötzlich dringlich. Aber wir führen Sessel, und Sitzecken. Natürlich. Ja, natürlich, sagt Dorst und wird schneller. Er verläßt den breiten Gang und zwängt sich zwischen Computertischen mit Rollen durch. Wenn Sie mir bitte folgen wollen, ruft die Frau und bleibt stehen. Dorst dreht sich um und sieht, daß ihre Arme am Körper herabhängen, hinter ihr erstrecken sich Wohnparadiese, Turnhalle um Turnhalle. Wissen Sie was, sagt Dorst. Warum lassen Sie nicht einfach ein paar Leute hier zur Probe wohnen. Die könnten in den Betten schlafen und ihre Sachen auf die Kleiderhaken hängen und ihre Zahnbürsten in den Bädern aufstellen. Schlagen Sie das mal Ihrem Chef vor. Die Frau nickt höflich und verwirrt. Ihr Haar ist zu einer Haube erstarrt. Darunter sieht Dorst die Kopfhaut.

Einmal sah Dorst, wie sich im Bahnhofsklo ein fast glatzköpfiger Mann kämmte. Er hatte über den Ohren noch einige Fransen und an der linken Schläfe eine lange, mühsam gezüchtete Strähne, die er mit seinem Kamm zärtlich über den nackten Kopf bis zur rechten Schläfe führte und andrückte. Dann ruckte er mit dem Kopf, bis er einen Neigungswinkel gefunden hatte, der die Glatze verbarg und ihm das Spiegelbild eines behaarten Kopfes bot. Dorst stellte sich vor, ein Windstoß könnte die Anstrengung zunichte machen und die Strähne verwehen. Dann hinge sie dem Mann bis auf die Schulter. Dorst fiel ein, daß seine Mutter jede Woche zum Friseur ging und sich ihren Flaum aufbauschen ließ.

Sie schrieb immer noch fiebrig, aber ihre Schrift war winzig geworden. Sie füllte Kladde um Kladde mit ihrer winzigen, wilden Schrift. Kann ich das mal lesen, fragte Dorst. Nur über meine Leiche, sagte die Mutter und kicherte. Sie kicherte selten. Du mußt doch bald mal alles aufgeschrieben haben über Vati, sagte Dorst. Hast du eine Ahnung, sagte die Mutter. Einmal die Woche kam eine Fußpflegerin zu ihr und knetete ihr die Zehen. Wenn sie mit ihrem lackierten Koffer ankam, während Dorst zu Besuch war, zog er sich sofort zurück. Dorsts Mutter bereitete sich im Badezimmer vor, legte die aufgerollten Seidenstrümpfe auf die Waschmaschine und krempelte die Hosenbeine hoch. Dorst saß im alten Kinderzimmer und lauschte. Die Regale waren leer. Dorsts Mutter trat ins Wohnzimmer, wo die Fußpflegerin schon ihre Tuben aufgestellt hatte. Ein strenger Geruch nach Calendula zog durch die Wohnung. Mit der Fußpflegerin kicherte die Mutter gern. Was wollen Sie mir denn heute antun, kicherte sie. Die Fußpflegerin raunte, Dorst konnte sie nicht verstehen. Ruhig erst ganz langsam, sagte Dorsts Mutter, ach Sie wissen aber auch genau wo, und sie kicherte wieder. Dorst lehnte an der Heizung, hielt sich die Ohren zu und summte, bis die Mutter an die Tür klopfte. Jetzt komm, du Schrat, sagte sie, das wird ja immer schlimmer mit dir, kein Sitzfleisch, schon als kleines Kind warst du so, immer solo. Du bist doch auch solo, sagte er. Und hab ich mir das ausgesucht. Wenigstens kriegst du deine Streicheleinheiten, sagte er und sah zu, wie sich ihr Gesicht rötete und um die Lippen herum zusammenzog.

Manchmal kam auch Herr Quoirin. Herr Quoirin war Vaters Kollege gewesen und fühlte sich der Familie verbunden, sagte er. Herr Quoirin kam zum ersten Mal einige Monate nach dem Tod von Dorsts Vater und brachte zwei Kinokarten. Zur Aufheiterung, sagte er zu Dorsts Mutter. Sie wendete sich ab und faßte sich an die Nase. Ein saftiges Schnauben brach durch ihre Nasenlöcher, die sie mit der Hand bedeckte. Dorst versuchte, das Schnauben nachzuahmen. Die Mutter warf ihm über die Hand einen undeutbaren Blick zu. Oder vielleicht will der junge Herr mich begleiten, sagte Herr Quoirin zu Dorst. Kino ist blöd, sagte Dorst. Was, sagte Herr Quoirin und lachte angestrengt. Die Mutter nahm die Hand vom Gesicht und putzte sich die Nase, Sie sind so freundlich, wir wissen das zu schätzen, natürlich. Sie bot Herrn Quoirin einen Magenbitter in den kleinen beschlagenen Gläsern an, in denen Dorst manchmal Regenwürmer sammelte. Der Magenbitter war dunkel und zähflüssig. Dorst stellte sich vor, er wäre aus zerstampften Regenwürmern gepreßt.

Als Herr Quoirin wiederkam, brachte er Dorsts Mutter ein Keramikschaf für den Fenstersims mit. Bezaubernd, sagte die Mutter. Diesmal hatte sie sich vorsichtshalber ein Taschentuch in den Ärmel gesteckt, so wie Omi das immer tat, schnaubte aber nicht. Dafür schnaubte Dorst. Er schnaubte, als die Mutter das Keramikschaf auspackte, und schnaubte, als Herr Quoirin ihr das Schaf aus den Händen nahm, es Dorst ins Gesicht hielt und mäh sagte. Ich geh zu Gregor. Ist das dein kleiner Spielkamerad, fragte Herr Quoirin. Wir sind eine Band, sagte Dorst scharf und ging hinaus. Im Flur hörte er, wie die Mutter meinte, es ist nicht einfach mit ihm, er verweigert sich ständig, ich komme nicht an ihn heran. Er blieb an der Garderobe stehen, an der immer noch der Mantel des Vaters hing, und faßte in die Taschen von Herrn Quoirins Trenchcoat. In der linken waren ein feuchtes Taschentuch, ein Stift und ein mit Flusen verklebtes Hustenbonbon. In der rechten ein Schlüsselbund und ein Elefant aus Ebenholz. Dorst rannte nach unten und versteckte sich am Fußballfeld, wo Gregor und die anderen dem Ball hinterherschrien und roten Staub aufwirbelten.

Beim nächsten Mal brachte Herr Quoirin der Mutter einen Elefanten aus Ebenholz mit und sagte, der Ruf der Ferne.

Sie müssen das alles hier mal hinter sich lassen. Seitdem war Herr Quoirin nicht mehr wegzudenken.

Einmal fuhren sie sogar zu dritt in Urlaub. Vorher ließen sie sich zwei Stunden in einem Reisebüro beraten. Ein stiller Landstrich, sagte Herr Quoirin, wir müssen alle zur Ruhe kommen, und Sand für den Jungen. Sand ist blöd, sagte Dorst und zählte leise bis zehn, um nicht zu weinen. Sie flogen nach Tunesien. Dorst verbrachte seinen ersten Flug damit, zugeschweißte Marmeladendöschen aufzureißen und mit einer Plastikgabel in den Aschenbecher zu schmieren. Guck doch mal, die Wolken, sagte die Mutter, die sich zwischen ihn und Herrn Quoirin gesetzt hatte, wie Watte. Dorst schnaubte und sah aus den Augenwinkeln, wie sich das Gesicht der Mutter rötete. Am Flughafen strömte die feuchtwarme Luft auf ihn ein. Herr Quoirin bekam sofort Flecken unterm Arm. Ein Bus brachte sie zum Hotel, das von dünnen Katzen umlagert war. Damen mit Safarihüten stießen auf der Terrasse mit Sektgläsern an und sangen, jung ist man nur einmal. Dorst mußte mit seiner Mutter in einem Doppelbett schlafen und wachte immer auf, wenn sie spät am Abend zu ihm unter das Laken kam. Sie war schwer, und die Matratze gab spürbar nach. Mücken, die tiefer und lauter summten als zu Hause, schwebten unsichtbar um ihre Köpfe. Morgens putzte sich Dorst mit Mineralwasser die Zähne. Es vermischte sich mit der Zahnpasta zu fader Minzlimonade. Herr Quoirin klopfte um neun, streckte den Kopf ins Zimmer und sagte, good day sunshine. Die Mutter räkelte sich und roch abgestanden. Vor dem Fenster sah Dorst die dünnen Katzen balgen. Der Frühstückssaal hallte wider vom wachen Gelächter der Damen. Herr Quoirin aß immer Ei. Die Mutter bestellte Granatäpfel und Melonen und sagte, dolce vita. Dorst brachte kaum etwas herunter. Dann gingen sie zum Strand, wo ein Hotelboy Liegestühle in Halbkreisen angeordnet hatte. Bevor Dorst ins Wasser ging, rieb ihn die

Mutter mit einer wasserabweisenden Sonnenschutzcreme ein, sogar die Fußsohlen. In den schwachen Wellen drehte er sich um und sah zum Strand zurück. Die Mutter hatte ihre Hand auf Herrn Quoirins Unterarm gelegt. Manchmal schlurfte ein gesatteltes Kamel durch den Sand, das ein brauner Junge an einem Nasenring zog. Willst du nicht mal, sagte Herr Quoirin dann und winkte dem Jungen. Er blieb stehen. Das Kamel senkte den Kopf, bis es mit den Lippen fast den Sand berührte. Keine Zeit, sagte Dorst und beugte sich über sein Playmobil. Er nahm den Männchen die Plastikperücken ab und schaute in die offenen Köpfe.

Nach dem Urlaub kam Herr Quoirin, der auf den Armen und im Nacken lange eine gelbliche Bräune behielt und Tunesien nicht vergessen konnte, öfter. Wenn er abends kam, konnte Dorst nicht entrinnen. Herr Quoirin brachte Palmenschnaps und Bildbände über afrikanische Schnitzereien und sagte, jetzt ist doch das Eis gebrochen, was. Dorst machte in seinem Zimmer Schulaufgaben. Er ist sehr gut in der Schule, hörte er die Mutter nebenan zu Herrn Quoirin sagen. Doch, seinen Standard hat er gehalten, trotz allem. Dorst rechnete Textaufgaben und biß sich auf die Knöchel. Er hörte die Mutter mit Herrn Quoirin anstoßen. Auf die Zukunft der kleinen Familie, sagte Herr Quoirin. Wenn ein Obsthändler fünfzehn Kisten Apfelsinen braucht und zwei Lastwagen hat, las Dorst. Wenn der schnellste Läufer für einen Kilometer drei Minuten braucht und Peter dreihundert Meter in einer Minute läuft. Wenn der Hamster am Tag achtundzwanzig Mal im Hamsterrad rennt. Einsamkeit ist die Krankheit unserer Zeit, sagte Herr Quoirin. Dorst stand leise auf, horchte im Flur und drückte die Klinke zu Vaters Arbeitszimmer nieder. Die Tür war verschlossen.

10.

An einem Sonntag lud Herr Quoirin alle zum Minigolf ein. Die Mutter trug einen neuen, teddyfarbenen Jogginganzug, Herr Quoirin einen Golfpullover mit tiefem V-Ausschnitt. Mach doch mal ein Sonntagsgesicht, sagte er zu Dorst. Dorst bleckte die Zähne. An der Minigolfbude im Stadtwald standen sie Schlange. An der Kasse, an der niemand saß, schepperte ein Transistorradio. Vor ihnen sagte ein Mädchen mit karottenfarbenen Haaren zu seiner Schwester, wenn ich gewinne, gibst du mir alle deine Schallplatten. Du spinnst, sagte die Schwester. Du wirst ja sehen, sagte das Mädchen. Was gibt's da zu sehen, sagte die Schwester. Das Mädchen schwieg. Was werd ich sehen, sagte die Schwester und wurde unruhig. Das Mädchen verschränkte die Arme und spitzte die Lippen. Hinter Dorst federte eine Nonne auf den Zehenspitzen. Herr Quoirin legte Dorst eine Hand in den Nacken und sagte, du kannst dir ein Eis aussuchen. Eine breite Frau schob sich an der Schlange vorbei, bückte sich, hob ein Eispapier auf und hielt es dem karottenhaarigen Mädchen vor das Gesicht. Alles versauen, sagte sie, habt ihr nicht gelernt, wohin mit dem Müll. Aber das war gar nicht meins, rief das Mädchen. Seine Schwester tat so, als ob sie sich vor Lachen krümmte. Die breite Frau schob sich hinter die Kasse und gab Schläger aus.

Sie gingen zur ersten Station. Das Mädchen beugte sich rechtwinklig über den Schläger, schaute kurz zur Schwester und schoß den Ball durch den Looping direkt ins Loch. Die Schwester maulte. So, sagte Herr Quoirin, dann man tau, Frauen und Kinder zuerst. Dorst stellte sich breitbeinig an die Bahn, legte den Ball auf den gemalten, zerkratzten Startpunkt. Er holte aus, nahm viel Schwung und hieb den Schläger gegen Herrn Quoirins Kniescheibe.

Herr Quoirin knickte ein und fiel vornüber. Die Nonne, die hinter ihnen wartete, hörte auf zu federn und schrie. Die Mutter stand bewegungslos, eine Hand auf ihren Schläger gestützt, die andere hatte sie über die Nase gelegt. Dorst ließ seinen Schläger fallen und rannte im Zickzack zwischen Blumenkübeln, künstlichen Hügeln und Miniaturburgen vom Platz. Sofort bekam er Seitenstechen. Er steuerte durch Gruppen von Ausflüglern, schnitt einem Kind auf einem winzigen Fahrrad den Weg ab und versteckte sich am See neben der Frittenbude. Ein Vater mit fünf Jungen schirmte ihn gegen den Minigolfplatz ab. Einmal ohne, viermal mit, sagte der Vater. Dorst setzte sich auf den Boden und lehnte den Rücken an die Bretterwand. Er wartete lange und lauschte dem Fauchen der Tiefkühlfritten im siedenden Fett.

Dann ging er zurück zu Herrn Quoirins Wagen. Herr Quoirin saß auf dem Rücksitz und hatte das Bein hochgelegt, auf das die Mutter eine Mullkompresse drückte. Die Mutter sog leise die Luft ein, wie sie es früher bei Dorst gemacht hatte, wenn sie ihm Splitter aus den Fingern zog. Als Dorst näher kam, sahen beide auf. Dorst sagte nichts. Herr Quoirin meinte, das ist wohl nicht dein Sport. Die Mutter schwieg. Sie versuchte, Dorst tief in die Augen zu schauen, aber Dorst versenkte seinen Blick in die Mullkompresse auf Herrn Quoirins Knie. Herr Quoirin sagte mit einer leicht heiseren Stimme, also wenn du dich entschuldigst, ist die Sache aus der Welt. Dorst sagte nichts. Sie fuhren schweigend nach Hause.

Herrn Quoirins Besuche wurden seltener. Statt dessen traf er sich mit der Mutter in der Stadt. Was macht er da mit dir, fragte Dorst. Ich habe übrigens einen Babysitter gefunden, ein nettes Mädchen, sagte die Mutter, das muß jetzt möglich sein. Ich muß auch an mich denken, das verstehst du doch.

Sie umarmte Dorst kräftig. Dorst hielt still und atmete durch den Mund. Mir auch mal was gönnen, sagte sie und hielt Dorst in der Umarmung. Vati hat das alles nie geschätzt. Was, sagte Dorst. Daß man sich auch mal als Frau fühlen will, sagte sie. Wer, sagte Dorst und bewegte unruhig die Schultern in der Umarmung. Keine Geschenke, kein Urlaub, sagte sie, das war ja alles Firlefanz. Aber wir waren doch im Urlaub, sagte Dorst, in der Lüneburger Heide, und ich bin auf dem Doppelpony geritten. Ja, sagte die Mutter, das bist du, und sie ließ ihn los, soll ich lieber abends hierbleiben. Ich brauche keinen Babysitter, sagte Dorst, ich bin doch kein Baby. Sie heißt Karina, sagte die Mutter.

Karina kam mit toupierten Haaren und einem Stapel Frauenzeitschriften und ließ sich vorab bezahlen. Als die Mutter süßlich duftend gegangen war, sagte Karina, und jetzt muß ich dir wohl was vorsingen. Aber in die Windeln machst du dir nicht mehr, oder. Ich spiele schon E-Gitarre, sagte Dorst. Ist ja irre, sagte Karina, zog die Schuhe aus und ging in die Küche, habt ihr O-Saft. Was ist das, fragte Dorst. Paß auf, ich lese jetzt hier, und du gehst in die Heia, okay, sagte Karina. Sie kam mit einem Glas Milch aus der Küche, legte auf dem Sofa die Beine hoch und suchte mit den Fingerspitzen die passende Zeitschrift heraus. Dorst ging in sein Zimmer und lernte Laub- und Nadelbäume auswendig. Sie sahen sich den Rest des Abends nicht mehr. Als die Mutter fragte, und war es nett mit ihr, sagte Dorst, ja, wieso.

11.

Die nächsten Jahre verbrachte er viele Abende mit Karina. Manchmal schaute er ihr vom dunklen Flur aus beim Lesen zu. Sie las nicht so, wie Dorst es in der Schule gelernt hatte,

Wort für Wort, Seite um Seite. Eine Hand hatte sie immer im Haar und zwirbelte die lackierten Strähnen. Mit der anderen blätterte sie eilig und heftig durch die Zeitschriften. Manchmal rissen sogar die Seiten ein. Einmal fand Dorst am nächsten Morgen eine Seite unter dem Couchtisch. Darauf waren zwei Bilder von verschiedenen Frauen, die dieselben sein sollten. Vorher und nachher, stand darüber. Die eine Frau war dick und hatte ein zeltähnliches Kleid an wie Tante Lollo. Die andere war dünn, sehr fröhlich und fast nackt. Dorst versuchte sich Karina in einem zeltähnlichen Kleid vorzustellen, dann sehr fröhlich und fast nackt. Beides gelang ihm nicht. Er fertigte eine Serie von Vorher- und Nachher-Zeichnungen an. Vorher stand Frau Grabowski mit erhobener Geige vor jubelndem Publikum, nachher beugte sie sich erbittert über einen Haufen Holzsplitter. Vorher lag Tante Lollo im Vorgarten, er malte sie in Blut schwimmend, nachher stand sie grinsend wieder in der Haustür. Vorher lief Gregor mit den anderen über die rote Asche dem Ball hinterher, nachher waren sie Gesichter in einer Menschenmenge, die Dorst nach seinem Gitarrensolo Wunderkerzen entgegenhielten.

Und was willst du mal werden, fragte Karina in einem ihrer wenigen redseligen Augenblicke. Arzt eigentlich, sagte Dorst. Da mußt du aber ein geniales Abi hinlegen, sagte Karina, und dann mußt du die Leichen vom Asphalt kratzen, aber dafür wirst du reich. Ja, genau, sagte Dorst und spürte wieder das schwankende Gefühl, das er damals bei der Beerdigung der Amsel zum ersten Mal gehabt hatte.

Wenn die Mutter von ihren Abenden mit Herrn Quoirin zurückkehrte, hörte Dorst in seinem Zimmer, wie sie leise mit Karina sprach, die plötzlich eine sehr sanfte Stimme hatte und viele Sätze nacheinander sagte. Karina hat es nicht leicht mit ihrer Mutter, sagte die Mutter am nächsten Morgen, oder, Karina hat es nicht leicht in der Schule, wie gut, daß wir da keine Probleme haben.

Dorst bekam in allen Zeugnissen Einser. Die anderen waren befremdet. Einmal sollten sie für Frau Bries ihre Haustiere mit in die Schule bringen. Ein scharfer Kaninchengeruch verbreitete sich im Klassenzimmer. Vier Zwerghasen, sieben Meerschweinchen und zwei Hausschildkröten drängten sich unter den Tischen. Drei Hunde warteten auf dem Schulhof. Stevan zeigte ein Foto von einem glattgekämmten Pony. Tina versuchte, ihre Wüstenspringmaus aus einem Sperrholzkasten zu klopfen. Peters Wellensittich konnte sprechen. Dorst hatte kein Tier und dachte an das schlaffe Kamel in Tunesien. In der Pause tauschten sie Köttel. Dorst wollte mit Playmobil in den Handel einsteigen, aber die anderen waren unbeirrbar. Am nächsten Morgen fehlten sein Radiergummi und das Lineal. Unter den Gummischlaufen in seinem Mäppchen klebten Köttel.

12.

Gregor wurde dünn und groß. Er war sehr beschäftigt. Selten war es ratsam, bei ihm zu klingeln. Wenn Dorst zu ihm kam, war er oft von Freunden umringt. Sie spielten stundenlang Skat, hockten im Kreis und warfen die Karten mit aufwendigen Handbewegungen übereinander. Dorst saß eine Weile dabei, mußte aber bald heftig gähnen. Das Knacken seines Kiefergelenks störte das fachmännische Murmeln, also ging er und drehte eine Runde.

Am Autobahnhügel, an dem Gregors Schlitten einmal von einem Eisenpfahl in zwei Hälften geteilt worden war, wuchsen ihm die Lupinen bis zum Gürtel. Er schaute auf die Tennisplätze und sah den Frauen in ihren Kellnerröckchen zu, wie sie mit vorgeschobenen Unterkiefern die Bälle ins Netz trieben. Auf dem Hundeplatz gleich daneben ließen sich Männer von Schäferhunden in lederumwickelte Arme beißen. Dorst stellte sich vor, er könnte einen dieser Hunde mit in die Schule nehmen. Scharfes Spiel, sagte ein zerfurchter Mann zu einer Frau im Kellnerröckchen, die ihren Schläger gegen die rechte, dann gegen die linke Wade prallen ließ, als ob sie aus Hartgummi wäre. Total verausgabt, sagte die Frau, ich brauche das. Scharfe Vorhand, sagte der Mann.

Dorst schlug einen Bogen um das Hallenbad und kaufte sich am Kiosk eine Frauenzeitschrift. Für deine Freundin, sagte die Kioskfrau. Ja, genau, sagte Dorst. Und wie sieht sie aus, so wie die, sagte die Kioskfrau und tippte auf die dünne, strahlende Frau auf der Titelseite. So ähnlich, sagte Dorst. Hat sie auch schon ordentlich was zum Zeigen, sagte die Kioskfrau, ihr fangt ja so früh an heutzutage, meine kommen nachts schon nicht mehr nach Hause, ich frage ja auch nicht mehr. Dorst schaute auf die Titelfrau. Und kleine Futzel tragen sie, man sieht alles, aber was soll ich sagen, die eine jobbt bei Kahlmann, die andere trägt das Stadtmagazin aus, mit so einem Wägelchen, die haben Geld satt. Dorst drehte die Frauenzeitschrift zu einer festen Rolle und sagte, also dann.

Und was macht Gregor denn so, fragte die Mutter, man sieht ihn so selten, er hat wohl jetzt eine Freundin. Gehst du heute abend weg, fragte Dorst. Nein, wieso, das weißt du doch, sagte die Mutter. Ich aber, sagte Dorst. Die Augen der Mutter konnten sich nicht entscheiden, ob sie sich freudig weiten oder besorgt trüben sollten. Man darf wohl nicht fragen wohin. Oder mit wem. Du kannst ja Karina bestellen, dann bist du nicht allein, sagte Dorst. Nach der Tagesschau wusch sich Dorst das Gesicht, säuberte die Zwischenräume seiner Zähne mit Zahnseide und steckte sein Taschengeld in die hintere Hosentasche. Du bist aber vor elf zurück, sagte die Mutter, ich meine, morgen ist Schule, und glaub nicht, daß ich ein Auge zumachen werde. Ja, sagte Dorst und ging in den klammen Abend.

Zuerst versuchte er es bei Gregor, aber er hörte schon von unten, daß die Klingel in einer leeren Wohnung läutete. Eine Amsel saß wie ein schwarzer Ball genau an der Kante des Daches und schrie. Dorst stand im Lindenduft und dachte nach. Langsam ging er über den Zubringer zum Jugendtreff an der Tankstelle. Schon aus der Entfernung hörte er den Rhythmus der Bässe, der ihm gefiel. Er stellte sich wilde Tänze vor, aber die Vorstellung blieb unscharf, weil er nie getanzt und den Jugendtreff nie von innen gesehen hatte. Vor dem Jugendtreff standen dünne Mädchen und kleine Männer mit Mofas in dichten Gruppen. Die Mofas parkten zwischen den Mädchen und den Männern, als ob sie dazugehörten. Die Männer und die Mädchen hatten einander Zeigefinger in die hinteren Hosentaschen geschoben oder Ellbogen auf die Schultern gelegt. Manche hielten sich im Nacken und wiegten sich in den Hüften. Dorst blieb bei der Tankstelle stehen und sah hinüber. Er wippte im Takt der Bässe mit dem Fuß. Die Gruppen waren in ständiger sanfter Bewegung, Mädchen kamen, Männer gingen, sie umschlangen sich, manche klatschten die hocherhobenen Hände gegeneinander. Dorst schaute noch einige Minuten zu, dann kaufte er sich in der Tankstelle eine Buttermilch und ging weiter. Die Buttermilch floß ihm herb direkt in den Magen. Vor Hunger war ihm schwindelig.

Auf der anderen Straßenseite gähnte rotgolden der Drache vor dem Chinarestaurant. Dorst schaute quer über den Abendverkehr in die vollbesetzte Glasfront. Unter roten Girlanden und Lampions mit Schriftzeichen hatten sich die

Leute um Wärmeplatten geschart. Kleine Kellner brachten Schüsseln und beluden die Platten. Ein Mann hatte sich ein Bambusstäbchen hinter das Ohr gesteckt und schaufelte mit der Gabel Reishaufen, während die zwei Frauen am Nachbartisch die Münder aufsperrten und mehrere Sekunden lang offenhielten. Dorst wußte nicht, ob sie Hunger hatten, lachten oder gähnten. Der Dame in der Ecke war etwas zu Boden gefallen. Sie hatte sich vornübergebeugt und tastete, Brust auf den Knien eingequetscht, Kopf unter der Tischdecke, den Teppich ab.

Dorst ging hinüber und an dem rotgoldenen Drachen vorbei. An den Zähnen war das Gold abgeblättert. Den Schwanz hatte der Drache wie eine Katze um die Pfoten geschlagen. Seine Augen waren weit aufgerissen und pupillenlos. Dorst legte ihm kurz die Hand ins Maul. Dann ging er hinein und wartete bei der Bar. Ein kleiner Kellner kam auf ihn zu und fragte, reserviert, junger Mann. Wie, sagte Dorst. Haben Sie einen Tisch bestellt, junger Mann, fragte der kleine Kellner, oder die Mama. Ach so, sagte Dorst, nein. Dann bitte hier hinten, sagte der kleine Kellner und führte Dorst an einen Zweiertisch neben der Garderobe. Kommt noch jemand dazu, fragte er. Wieso, sagte Dorst. Eine kleine Freundin, sagte der Kellner und legte den Kopf schräg. Nein, sagte Dorst, nein, nein. Er bestellte, nachdem er unter dem Tischtuch das Taschengeld gezählt hatte, einen Apfelsaft und Pekingente. Der kleine Kellner, nun sehr ernsthaft, brachte eine Wärmeplatte und kurz darauf das Essen. Dorst klemmte die Stäbchen ungeschickt zwischen die Finger und stocherte in Reiskörnern und glasierten Entenstücken. Aus einem Lautsprecher gleich hinter ihm schwappte eine Musik ohne Bässe. Die Entenstücke sahen aus wie in Harz gegossen. Sie fielen Dorst von den Stäbchen, bevor sie seinen Mund erreichen konnten. Die Frau, die den Teppich betastet hatte, ging an ihm vorbei zum Klo, eine Hand auf dem linken Auge.

Dorst verlor plötzlich den Appetit und merkte, wie etwas in ihm in Wallung geriet. Er lehnte sich zurück. Die Musik entfernte sich. Er beugte sich wieder vor, stützte den Kopf auf die Fäuste und zählte seine Atemzüge. Ist es recht, junger Herr, hörte er den Kellner neben sich. Die Stimme klang so nah, als ob er seine Lippen direkt an Dorsts Ohr gehalten hätte, aber Dorst hielt die Augen geschlossen und den Kopf gesenkt. Ja genau, sagte er und atmete. Etwas Heißes stieg ihm in die Kehle. Er schob den Stuhl zurück, wich dem Kellner aus und ging mit leicht vorgestreckten Händen sehr langsam zum Klo. Die Zeit reichte nicht, um die Tür der Kabine zu verriegeln. Dorst ging vor dem Klo in die Knie, griff mit beiden Händen um das Porzellan und spie einen heißen, milchigen Schwall in die Schüssel. Dann richtete er sich auf und öffnete die Augen. Er sah die Rillen der Fliesen, den leicht verkratzten Spülkasten, den Plastikhalter der Klobürste in ungewohnter Schärfe. Mit einer Hand wischte er sich die Lippen, dann die Stirn. Plötzlich hörte er die Musik wieder. Er ging langsam zurück zum Tisch, wo die glasige Pekingente noch häppchenweise bereitlag. Kann ich das vielleicht mitnehmen, sagte er zu dem Kellner, der bei der Garderobe lehnte, ich muß schon gehen. Mitnehmen, fragte der Kellner. Einpacken, sagte Dorst. Die Leute an den umliegenden Tischen schauten aus den Augenwinkeln zu ihm herüber. Wenn Sie meinen, sagte der Kellner gefaßt. Dorst zahlte und trug eine Aluschale mit Pekingente aus dem Restaurant, an dem rotgoldenen Drachen vorbei nach Hause.

Der Schlüssel tat sich schwer im Schloß. Wie, schon wieder da, sagte die Mutter und ließ den Stift sinken, das ging aber schnell, man darf wohl nicht fragen, wie es war. Ich habe dir was mitgebracht, sagte Dorst und stellte die Aluschale auf den Couchtisch. Was soll denn das sein, sagte die Mutter, sah zu ihm herüber und schälte den Aludeckel von den

Rändern. Sie hielt inne und sah auf die Pekingentenstücke, dann wieder zu ihm und sagte, oh Ente, ganz was Feines, komm, wir machen uns ein Nachtessen, und sie holte zwei Unterteller, verteilte den Reis und die Pekingente in appetitlichen Haufen, ißt du noch was mit. In zwei beschlagene Gläser, in denen sie sonst Herrn Quoirin Sherry reichte, füllte sie einige Tropfen aus der klebrigen Korbflasche vom oberen Regal. Reisschnaps, sagte sie, das paßt, hat Vati mal mitgebracht, auch wenn er sonst gegen sowas war. Sie stießen an. Dorsts Herzschlag wurde endlich langsamer. Er nahm die Gabel, die ihm seine Mutter reichte, und sagte, diese Stäbchen, mit denen man das essen soll, das ist vielleicht komisch, alles geht einem durch die Lappen. Sie lachten.

Erst mit Elner ging Dorst zum ersten Mal in eine Disco. Sie drängten zusammen durch die dichten Grüppchen vor bis zum Eingang. Die Mädchen um sie herum trugen Ringe an Lederriemen um den Hals und enge Leibchen. Die könnten unsere Kinder sein, sagte Elner, wir passen hierhin wie die Faust aufs Auge, und sie klang stolz. Sie hatte sich Tücher umgebunden und das dicke Haar zu einer Wolke gebürstet. Dorst hörte die Bässe und wippte mit dem Fuß. Ich lade dich ein zum Tanz, sagte er. Ich lade dich ein zum Tanz, sagte neben ihm ein Mädchen mit verstellter Stimme und lachte. Der Türsteher hatte gewölbte Lippen und auf dem Oberarm ein keltisches Muster. Er stempelte ihre Hände. Sie kamen in einen kochenden Raum. Dorst legte sich unauffällig die Finger auf die Ohren und ließ die Bässe an- und wieder abschwellen. Ist es zu laut, schrie Elner und faßte ihn an der Schulter. Er drehte sich weg und in die Menge hinein, schloß die Augen und drehte sich im Takt.

Er vergaß Elner. Die Musik hörte nicht auf, es gab keine Pausen, eine Musik drängte in die nächste. Dorst hob die

Arme in die Luft und das Gesicht in die Scheinwerfer. Es gab keine Zusammenstöße, obwohl er die Augen, stundenlang schien es ihm, fest geschlossen hielt. Sein Gesicht wurde feucht. Er hörte keine Töne mehr, nur noch Wellen aus Baß. Irgendwann merkte er, daß seine Blase im Takt schwappte, und schaute um sich. Das Blitzlichtgewitter war von einem fahlen Blaulicht abgelöst worden. Der Raum sah aus wie ein Aquarium, in dem sich Mädchen auf klobigen Schuhen bewegten. Einige trugen silberne, enge Hemdchen, die in dem wässrigen Licht fischig wirkten. Die Gruppen hatten sich aufgelöst; Männer standen einzeln am Rand, einen Fuß vorgesetzt, und schauten ins Leere.

Elner wartete bei den Mänteln. Sie sah ausgeruht aus. Neben ihr wühlte ein älterer Mann mit lackierten Locken in seinen Hosentaschen. Da hab ich ihn reingesteckt, sagte er, ganz sicher, oder bin ich blöd. Kann ich Ihnen helfen, sagte Elner. Ganz klar, ich seh es doch vor mir, sagte der Mann, oder ist er rausgefallen. Was denn, fragte Elner. Der Mann schaute auf seine Hände, dann auf Elner. Sind die echt, fragte er und zeigte auf ihre wolkigen Haare. Natürlich, sagte Elner freundlich. Ist der überhaupt dein Typ, sagte der Mann und sah zu Dorst herüber. Dorst ging vor zum Ausgang und wartete zwischen stillen Rauchern auf Elner. Als sie zu Hause waren, fragte Dorst, hast du Stecknadeln? Wieso, sagte Elner, ich bin totmüde, das war ohrenbetäubend, außer dir hat kein Mann getanzt, ist dir das gar nicht aufgefallen. Du tanzt wie ein Besessener. Dorst ging ins Badezimmer und stach sich vor dem Spiegel mit einer Stecknadel Löcher in die Ohren. Die Nadel drang mühelos durch das weiche Fleisch der Ohrläppchen und hinterließ einen feinen, blutigen Punkt.

13.

Gregor hatte als einer der ersten in der ganzen Schule Löcher in den Ohren. Von seinem Taschengeld kaufte er sich eine Lederjacke, die sich über seinen mageren Schultern wölbte. Dorst trug die Kleider seines Vaters. Sie waren dunkel und wenig getragen. Er fand sie verstaut in Pappkisten, als er im Keller die Luftpumpe suchte. Die Kisten waren mit Tesa versiegelt und unbeschriftet. Dorst riß an dem Tesa, das nicht nachgab, und trennte schließlich mit einem alten Schraubenzieher die Pappwände auf. Er schaute auf gepreßten, dunklen Stoff, säuberlich aufeinandergeschichtet. In einer Kiste waren zwischen den Stoffschichten kleine Dinge verborgen, Stifte, zwei Armbanduhren, ein Kompaß, ein Brieföffner in der Form einer schlanken, prallbrüstigen Frau aus Silber. Dorst zog den Brieföffner zwischen den Hosen und Westen seines Vaters hervor und fuhr mit dem Zeigefinger über die aufgerichteten Silberbrüstchen. Dann probierte er eine Hose und ein dunkelbraunes Hemd an. Die Ärmel fielen ihm über die Finger, die Hose beulte sich über den Knien und schlackerte an der Hüfte. Dem Vater war am Schluß auch alles zu weit gewesen, dachte er und krempelte die Ärmel hoch. Ein scharfer Geruch nach chemischer Reinigung hing im Kragen, der ihm aufgestellt bis zu den Ohrläppchen reichte. Dorst griff kurz in die Hosentasche, aber er fand nichts darin.

Er stapelte die Kisten übereinander und trug sie in die Wohnung. Nein, sagte die Mutter, als sie sah, was er gefunden hatte. Dann schrie sie, das bleibt, wo es ist, das bleibt im Keller. Du schleppst das alte Zeug hier an, weißt du nicht, daß ich damit ein für alle Mal abgeschlossen habe. Ein für alle Mal. Mach es weg, und sie schrie immer wieder, wie jemand, der einen Niesanfall erleidet, mit einem Taschentuch vor dem Mund, weg, mach es weg, weg. Dorst trug die Kisten in sein Zimmer. Er riß alle Kartons auf und stapelte die Kleider seines Vaters auf dem Bett. Weil im Schrank kein Platz war, holte er die Jeans und T-Shirts, die Pullover und die Sportsocken heraus, steckte sie in einen Plastikbeutel und stellte sie hinter die Tür. Dann räumte er die braunen und schwarzen Kleider sorgfältig in die Fächer. Nur die Krawatten ließ er in den Kartons. Die Uhren, die Stifte und den nackten Brieföffner ordnete er auf seinem Schreibtisch an.

Als er fertig war, ging er ins Wohnzimmer. Seine Mutter saß vornübergebeugt am Couchtisch. Das Taschentuch hatte sie immer noch vor dem Gesicht. Ich will die Kinderklamotten nicht mehr, sagte Dorst. Ich kauf dir was anderes, meinte die Mutter mit einer erkälteten Stimme. Ich mag dunkle Sachen, sagte Dorst, die sind doch noch gut. Du willst doch nicht, daß man Sachen wegschmeißt. Ich hab sie ja auch nicht weggeschmissen, sagte die Mutter, ich will das jetzt nicht erklären, ich will nicht immer alles erklären. Dorst schwieg. Das ist dir doch alles viel zu groß. Die Mutter klang beharrlich und erschüttert. Dorst blieb stumm. Eine Weile dachte die Mutter nach: Meinst du, daß die Mädchen dich in solchen Sachen schick finden. Ist mir egal, sagte Dorst und ging ins Badezimmer. Vor dem Spiegel krempelte er die Ärmel bis über die Ellbogen hoch und schnallte sich einen Gürtel um die Hüfte. Dann ging er zu Gregor.

Gregor übte Gitarre, Dorst hörte von unten ein Jaulen, dann einen schleppenden Lauf. Eine Zeitlang lehnte er sich gegen die Tür und hörte zu, dann klingelte er. Was ist denn mit dir los, sagte Gregor, als er Dorst die Treppe hochkommen sah, ist jemand gestorben. Ja, sagte Dorst, genau. Gregor wurde rot und sagte, ich üb gerade, komm rein, sonst ist niemand da. Gregors E-Gitarre lag auf dem Bett. Sie war rot und neu und hatte einige Kratzer, die Gregor mit Büroklammern in den Lack geritzt hatte, sonst fragen mich die Fans nach dem Kassenbon, hatte er gesagt. Dorst setzte sich mit geradem Rücken neben die Gitarre. Ich spiel dir was vor, ja, sagte Gregor, oder willst du mal, und er reichte Dorst die Gitarre, besser als die Scheißgeige, oder. Dorst stützte die Gitarre auf seinen Oberschenkel und zupfte an der unteren Seite, der ein flacher, pappiger Klang entsprang. Manchmal bist du komisch, sagte Gregor, was hast du denn da für Klamotten aufgegabelt. Aber so schlecht sind sie gar nicht, du siehst aus wie ein Professor. Irgendwie witzig. Er nahm Dorst die Gitarre aus der Hand, stellte sich breitbeinig vor das Bett und spielte mit vorgeschobenem Kinn eine schwerfällige Tonleiter, dann schnelle falsche Akkorde. Dorst harrte auf der Bettkante aus. Mit der Hand klopfte er auf dem glatten Stoff der Hose den Takt. Machen wir im Sommer eine Fahrradtour, rief Gregor zu den Akkorden, im Sommer, nur du und ich, und er schob die Hüften vor und zurück. Sie lachten. Als Dorst nach Hause kam, saß Karina in der Sofaecke und zwirbelte Haarsträhnen um die Finger. Mama ist ada, sagte sie. Ich brauche keinen Babysitter mehr, sagte Dorst. Aber ich bin doch deine Freundin, sagte Karina, warf die Haare nach hinten und spitzte die Lippen, außerdem, wehe du sagst was zu deiner Mutter, ich brauch die Kohle. Dorst ging in sein Zimmer. Wie siehst du überhaupt aus, rief Karina, ist jemand gestorben.

14.

Im Sommer gingen Dorst und Gregor auf Fahrradtour. Dorst hatte die dunklen Sommerhemden seines Vaters eingepackt und einer seiner Stoffhosen die Beine abgeschnitten. Am Vorabend breiteten seine Mutter und Herr Quoirin

Landkarten auf dem Couchtisch aus. Immer auf den Seitenstraßen halten, sagte Herr Quoirin, und regelmäßig Flüssigkeit, das ist ganz wichtig. Wenn was ist, rufst du an, sagte die Mutter, wir holen euch ab. Habt ihr vorgebucht, sagte Herr Quoirin, um diese Zeit. Gregor ist doch vernünftig, sagte die Mutter, oder. Und nie die Taschen am Fahrrad lassen, die sind sofort weg, sagte Herr Quoirin. Woher wissen Sie denn so gut Bescheid, sagte Dorst. Wir sind doch damals, sagte Herr Quoirin, über die Alpen ohne Gangschaltung, das kennt ihr gar nicht mehr, Beinarbeit war das, echte Beinarbeit. Und auf der Paßhöhe ins Gras gehauen, da weiß man, was man getan hat. Dorsts Vater hatte Sport verachtet. Seit die Mutter Herrn Quoirin kannte, lief sie abends in weichen Hosen um den Block und brachte den Geruch von säuerlichem Schweiß in die Wohnung, wenn sie sich im Flur die Laufschuhe auszog. Das geht in die Beine, sagte Herr Quoirin, und klärt den Geist. Die Mutter nickte. Ihr könnt ja Tandem fahren, sagte Dorst. Wenn ich dir noch einen Rat geben darf, sagte Herr Quoirin. Ich muß packen, sagte Dorst, die Karte brauch ich nicht, Gregor hat eine bessere. Und alle zwei Tage rufst du durch, sagte die Mutter. In dem Alter ist das nicht selbstverständlich, zwei Jungs ganz allein. Männer unter sich, sagte Herr Quoirin und lachte, ihr macht das schon.

Dorst und Gregor radelten durch die Vororte und in die Felder. Gregor war schneller. Er drückte bei jeder Umdrehung die Beine ganz durch und zog am Lenker. Dorst sah auf Gregors gesenkten Kopf und spürte in der Schläfe den Puls. Über den Feldern stand die Wärme. Der Fahrradsattel rieb angenehm zwischen den Beinen. In Dorsts dunklem Hemd sammelte sich die Sonne. Wir können einfach draußen schlafen, rief Gregor nach vorne in den Fahrtwind. Wir kommen nicht mehr zurück, rief Dorst, wir fahren einfach immer weiter. Gregor bremste. Aber wir brauchen Geld, sagte er. Soviel braucht man gar nicht, meinte Dorst. Dann hätte ich aber die Gitarre mitgenommen, sagte Gregor. Außerdem wollten wir doch Abitur machen. Oder. Dorst streckte den Nacken und pendelte mit dem Kopf. Wer sagt das, sagte er. Sie machten Rast im Schatten einer Dreschmaschine und rissen von Gregors Brot Stücke ab. Der erste Sonnenbrand rötete ihnen die Waden.

Am Nachmittag kamen sie durch Dörfer mit breiten Bürgersteigen. Überall kehrten alte Frauen in Hauskleidern die Einfahrten. Vor den Scheunen standen verchromte Autos. Gregor hielt am Dorfbrunnen vor einer eingerüsteten Kirche und hielt den Kopf unter den schwachen Wasserstrahl. Dorst tunkte die Füße in das Brunnenbecken und klopfte dem kleinen Löwen, aus dessen aufgerissenem Maul das Wasser lief, auf die Nase. Kennst du den Drachen vor dem Chinarestaurant, sagte er, der sieht aus, als müßte er jeden Moment kotzen. Sie lachten und machten Würgegeräusche. Die Frauen hielten inne, stützten sich auf die Besen und schauten zu ihnen herüber. Gregor stellte sich vor den Brunnen, das Wasser rann ihm aus den Haaren, schwenkte die Hüften und fingerte auf einer E-Gitarre aus Luft. Der kleine Löwe sabberte. Die alten Frauen machten sich Zeichen. Komm, wir hauen ab, rief Gregor, tschüß, ihr Spießer, ihr kriegt Freikarten für unser Konzert.

In der Jugendherberge suchten sie sich Betten übereinander und tranken Kamillentee. Der Nachtisch schmeckte nach Zahnpasta. Die sind doch hübsch, sagte Gregor und schaute zu den Mädchen hinüber, die am Nachbartisch Tee in den Nachtisch rührten und vor Lachen rote Köpfe hatten, komm, wir gehen mal rüber. Ich geh noch spazieren, sagte Dorst, seh dich später. Gregor schaute ihm nach. Dorst ging ums Haus und setzte sich an die warme Wand des Speisesaals. Der Abzug blies über ihm Küchendampf in den

Abend. Durch das offene Fenster hörte er Gregor sprechen und das vierstimmige Kichern der Mädchen. Er saß still und schloß die Augen. Der Puls in der Schläfe war ein ruhiger Taktschlag. Erst als er merkte, daß sein Hemd klamm wurde, ging er langsam zurück ins Haus.

Morgens putzten sie sich nebeneinander die Zähne und packten die Fahrradtaschen. Heute müssen wir andersrum radeln, sagte Gregor, damit wir von allen Seiten braun werden. Sie fuhren hintereinander in den Vormittag. Auf der Landstraße hielten sie bei einem überfahrenen Vogel. Er war flach und schon getrocknet. Die Flügel waren aufgefächert, die Krallen ragten nach oben. Weißt du noch, die Amsel, sagte Gregor. Auf jeden Fall werde ich nie Arzt, sagte Dorst, und du. Wahrscheinlich geh ich in die Wirtschaft, sagte Gregor. Er nahm einen Stock und kratzte den Vogel vom Asphalt. Die trockenen Reste trug er in den Straßengraben. Was könnte ich denn werden, sagte Dorst mehr zu sich selbst als zu Gregor. Über ihnen warf sich eine Lerche durch die Luft.

Nach der Mittagspause verirrten sie sich. Die Dörfer glichen einander. Auf den Blumenbeeten waren Tulpen und Geranien in Wappenform gepflanzt. Im Hintergrund klangen Rasenmäher. Sie fanden den Fahrradweg nicht mehr, fuhren über Feldwege, hinter Obstgärten entlang in andere Orte. Zeig mal die Karte, sagte Gregor. Komm, wir fahren einfach, meinte Dorst, ist doch egal. Wir kommen schon irgendwo hin. Hör mal, sagte Gregor, du mußt deine Mutter anrufen, und die Jugendherberge. Jetzt zeig die Karte. Dorst lehnte sich nach vorne und hob sein Gewicht in die Pedale, schneller als Gregor. Was soll das, rief Gregor, jetzt warte. Dorst zog am Lenker und stieß die Beine nach unten. Die Reifen machten auf dem Asphalt ein sattes Geräusch. Bald war er weit vor Gregor. Er senkte den Kopf und machte den Rücken flach. Sein angestrengter Atem schmeckte nach Eisen. Lange würde er nicht vorne bleiben. Idiot, rief Gregor von hinten, jetzt mach mal halblang. Dorst richtete sich auf, ließ die Schultern zurückfallen und trieb auf dem Fahrrad dahin. Gregor holte auf, Tour de France oder was, rief er, jetzt halt schon an, sonst kommen wir sonstwohin. Sie setzten sich an die Böschung und breiteten die Karte aus. Dorst blickte auf das Geflecht der Nebenstraßen, ein Netz roter und grüner Möglichkeiten. Also erst nach Oberthurnau, sagte Gregor, das müßte der nächste Ort sein, wenn wir uns rechts halten, und dann nicht geradeaus in Prechtberg, da kommt es drauf an. Dorst hörte nicht zu. Er legte sich zurück in das harte Gras und ließ die Autos vorbeifahren und Gregor reden. Wieder rechts in Prechtberg, sagte Gregor, hörst du überhaupt zu, ich mach das nicht allein hier. Rechts in Prechtberg, sagte Dorst. Gregor gab ihm einen leichten Stoß in die Seite, und sie griffen sich an den Handgelenken und rangelten eine Weile. Gregor drückte ihn auf das Gras, also wohin, los. Rechts in Prechtberg, sagte Dorst und versuchte, die Hände freizubekommen.

Sie fuhren auch bei Regen. Gregor hatte ein Plastikzelt mit Ärmeln, das auch Tante Lollo gepaßt hätte und das er sich über den Kopf stülpte. Dorst ließ sich naßregnen. Bei Regen sangen die Amseln lauter. In den Jugendherbergen sammelte sich ein schwerer Geruch nach feuchten Schuhen. Sie saßen an Plastiktischen, die nie richtig abgewischt waren, und schmierten sich Wurstbrote. Das ist schon was, sagte Gregor, die Vögel und so. Ja, sagte Dorst, wirklich.

In Plaunau gingen sie ins Kino und kauften sich Meerestiere aus Weingummi. Sie lutschten blaue Muscheln und gelbe Kraken und beugten sich nach vorne, um sich nichts entgehen zu lassen. Der kleine Raum war voll mit dem Rascheln von Chipstüten und dem lauten Raunen des Liebespaares auf der Leinwand. Dorst spürte die Muskeln in seinen Beinen. Auf der Leinwand preßte sich ein breiter Mann an eine nackte Frau mit trotzigem Mund. Es wurde kaum gesprochen. Die Frau sah trotzig aus, auch wenn sie angezogen war. Sie saß in einem Café und stützte das Kinn auf die Hand. Der breite Mann trat herein und schaute sich suchend um. Mit den Augen holte sie ihn an ihren Tisch. Ich will ein Kind, sagte sie. Jetzt hatte der Mann einen trotzigen Blick. In einem Hotelzimmer, in dem sich die Tapete von den Wänden schälte, lagen sie nebeneinander und stöhnten. Hätte auch ein Stummfilm sein können, sagte Gregor, als die Lichter angingen, und schaute die Mädchen an, die an ihrer Reihe vorbei nach draußen gingen, aber die Musik war stark. Er drängte den Mädchen hinterher, und wie fandet ihr das, fragte er zwei Freundinnen, die sich, leere Dosen und Tüten in den Händen, nach einem Papierkorb umschauten. Dorst blieb in der Stuhlreihe sitzen und fühlte seine Waden. Dann ging er langsam zurück zur Jugendherberge. Jemand hörte Nachrichten, und ein Vater goß kochendes Wasser in einen Plastikbecher mit Buchstabensuppe.

Durch den Regen zu radeln, wurde zur Gewohnheit. Sie lernten, nicht nach vorne zu schauen, und stießen mit gesenkten Köpfen die Füße in die Pedale. Die Körper wurden unter den nassen Kleidern klamm und warm. Wenn sich Gregor abends aus seinem Plastikzelt schälte, war es von innen naß. Dorst hängte seine dunklen Kleider, die im Regen ein sattes Schwarz annahmen, über die Eisenstangen des Etagenbettes. Die Duschräume waren blaß gekachelt und voller Spinnen. Dorst stand unter dem unregelmäßigen Wasserschleier und schaute zu, wie sie sich an den Rand der Feuchtigkeit zurückzogen. Der Duschvorhang beulte sich nach innen und war in den Falten modrig. Um sich herum hörte er heftiges Zähneputzen und andere, die unter der Dusche schnaubten.

Abend für Abend verschob er den Anruf bei seiner Mutter. Wir schreiben ein paar Postkarten, schlug Gregor vor. Sie kauften beim Herbergsvater, einem ernsten Mann mit blauen Hosen, Postkarten und Briefmarken. Auf den Postkarten leuchtete die Jugendherberge neu und kahl im Sommerlicht. Liebe Mami, schrieb Dorst, vielleicht fahren wir bis zu den Alpen. Grüße an Herrn Quoirin. Kann ich deine mal lesen, fragte er Gregor. Liebe Mama, lieber Papa, hatte Gregor geschrieben, die Tour ist klasse, ich brauche aber bald ein neues Fahrrad. Das Essen ist schrecklich. Wir waren im Kino. Wir hatten noch keinen Platten. Wir haben großen Spaß und planen schon die nächste Tour. Wohin denn, fragte Dorst. Weiß nicht, sagte Gregor, dachte nur, es wär gut, vielleicht noch weiter weg. Wir könnten ein Zelt mitnehmen und einen Campingkocher und uns abends Spaghetti kochen. Irgendwo mit mehr Bergen. Wir können doch einfach diesmal noch weiter weg, sagte Dorst. Ach komm, sagte Gregor.

Am nächsten Morgen hatte Dorst einen Platten. Sie hatten die Jugendherberge hinter sich gelassen und radelten durch vernieselte Tannenschonungen, als sein Vorderrad plötzlich hart über den Asphalt sprang. Gregor, rief Dorst und stieg ab. Gregor hatte sich in sein Zelt geduckt und hörte nicht. Er verschwand zwischen geraden Tannen. Dorst rief, dann drehte er um und schob das Fahrrad zurück zur Jugendherberge. Er klingelte beim Empfang. Niemand öffnete. Er lehnte das Fahrrad gegen die Wand und setzte sich auf die Stufen. Hinter dem Haus hörte er Schritte und stand auf. Der Herbergsvater, wieder in blauen Hosen, ging über den Parkplatz zu einem kleinen Lieferwagen und entlud Kisten mit Kopfsalat. Entschuldigung, rief Dorst. Der Herbergsvater hielt inne und stellte eine Kiste ab. Ich habe einen Platten, haben Sie eine Schüssel Wasser, fragte Dorst. Du kannst mal mit anpacken, sagte der Herbergsvater. Dorst ging hinüber. Die müssen hintenrum in die Küche, sagte der Herbergsvater. Dorst stapelte drei Kisten übereinander und folgte ihm. In der Küche hing der Geruch von Ravioli. Hier auf die Spüle, sagte der Herbergsvater. Da ist auch Wasser. Die Spüle war aus Stahl. Dorst setzte die Kisten ab und stieß mit dem Kopf gegen die Abzugshaube. Paß auf, sagte der Herbergsvater und legte ihm kurz eine Hand auf die Schulter. Du bist ja klatschnaß. Was sind denn das für Klamotten, nicht gerade wasserfest. Die sind von meinem Vater, sagte Dorst. Aha, sagte der Herbergsvater. Er schien zu warten. Die sind, also, die haben mal meinem Vater gehört, und jetzt trag ich sie, sagte Dorst noch einmal.

Sie gingen durch eine Seitentür zum Empfang. Der Herbergsvater holte einen Karton unter der Kasse hervor, darin lagen Schirme, einzelne Socken, ein Teddy, ein Erdkundebuch. Das haben die hier liegengelassen, sagte er und zog eine gelbe Regenjacke unter den Schirmen heraus, die ist schon ewig hier. Nimm die mal mit, bevor sie verschimmelt. Er gab Dorst die gelbe Jacke. Wasser und Schüssel sind in der Küche, Flickzeug hast du wohl. Ja, sagte Dorst. Ich mach dann mal weiter, sagte der Herbergsvater. Als Dorst nach draußen ging, kam Gregor aus der Tannenschonung geradelt, was ist los, ich dachte, du bist abgehauen. Dorst warf die Regenjacke über und zog den Reißverschluß bis zum Kinn. Zusammen flickten sie den Schlauch.

In Wengen trafen sie Tore. Er lehnte an der Eisdiele und beobachtete sie, während sie die Lippen über die Zähne stülpten und ins Zitroneneis bissen. Es war sehr warm geworden. Pennt ihr in der Jugendherberge, fragte er. Dorst schaute Gregor an. Gregor bewegte einen Brocken Zitroneneis im Mund hin und her. Tore hatte trotz der Wärme eine Motorradhose aus schwarzem Leder an und die Finger in die Gürtelschlaufen gehakt. Oder wo, sagte Tore. Ja klar, sagte Gregor, irgendwas dagegen. Man darf ja wohl fragen, sagte Tore, ich heiß übrigens Tore. Wollt ihr mal was sehen. Dorst und Gregor schauten sich an. Wir sehen schon genug, sagte Gregor, wir sind schon ewig unterwegs, da kriegt man viel mit. Aber das habt ihr noch nicht gesehen, sagte Tore. Kriegt der andere auch das Maul auf, oder ist er taubstumm. Taubstumm, sagte Gregor, macht mir Zeichen mit den Augen. Lippenlesen kann er ziemlich gut. Was, fragte Tore und trat näher an Dorst heran, verstehst du mich, sagte er langsam. Laß mich in Ruhe, sagte Dorst wässrig durch sein Zitroneneis. Tore sprang zurück. Also kommt ihr mit, dauert nicht lang. Sie schoben die Räder hinter ihm her. Die Touris denken immer, im Kaff ist nichts los, sagte er. Da hinten ist das Freibad. Sie hörten hinter den Hecken die Schreie der Kinder über das Wasser hallen. Da lang, sagte Tore. Er war einen Kopf größer als Gregor. Sie gingen über den Parkplatz, an den Hecken entlang zum hinteren Teil des Bades. Die Schreie vermischten sich mit dem Geräusch von aufschlagenden Bällen und von Körpern, die auf Wasser trafen. Da hinten, sagte Tore, hier müßt ihr durchgucken. Sie standen zwischen Brennesseln und Löwenzahn und steckten die Köpfe durch die Hecke.

Durch die Blätter hindurch sahen sie Scharen von nackten Frauen. Alte Frauen lagerten mit Strickzeug und Thermosflaschen auf Liegestühlen und cremten sich die schlaffen Brüste ein. Manche hatten sich Fernsehzeitschriften auf die Gesichter gelegt. Schwangere Frauen trugen mit durchgedrücktem Kreuz ihre Bäuche zum Wasser. Mädchen lagen auf dem Rücken, die Beine angewinkelt und übereinander geschlagen, und lernten Vokabeln. Zwei spielten Federball, ihre Brüste waren so klein, daß sie sich beim Springen nicht bewegten. Babys krabbelten über die Handtücher und tranken Sonnenmilch. Eine Dicke saß mit gespreizten Beinen im Gras und hatte sich die Zeitung zwischen die Füße gelegt. Unter der Dusche wusch eine ihre langen roten Haare aus. Sie bog sich nach hinten, bis ihre Rippen die Haut dehnten, und kämmte das Haar mit den Fingern. Ich werd nicht mehr, sagte Gregor. Da dürfen nur Frauen rein, in den Teil, sagte Tore. Guck mal die mit den Riesendingern. Und die Kleine da hinten. Ihr könnt euch eine aussuchen, oder ein paar. Gegen Aufpreis. Du spinnst, sagte Gregor und beugte sich vor. Siehst du was, fragte er Dorst. Dorst spürte die Brennesseln in den Kniekehlen und einen starken, unregelmäßigen Pulsschlag im Hals. Die Rothaarige kam unter der Dusche hervor, drehte ihre Haare zusammen und preßte das Wasser heraus. Ein Mädchen malte einem anderen mit Sonnenmilch Buchstaben auf den Rükken und Punkte auf die Schultern. Und, sagte Tore stolz, was sagt der Taubstumme, jetzt hat es dir wohl völlig die Sprache verschlagen. Das könnt ihr eurer Mami zu Hause erzählen. Dorst wußte nicht, ob er die Wahrheit sagen sollte. Er wollte in der Hecke stehenbleiben und zuschauen. Und er wollte Tore in den Mund schlagen. Da guckst du, sagte Tore. Er hatte sich zu Dorst umgedreht und starrte ihm abwechselnd ins linke und ins rechte Auge. Und welche willst du, fragte er. Laß mich in Ruhe, sagte Dorst, wir müssen los, und er wich zurück. Gregor kam sofort hinterher. Ihr müßt noch bezahlen, ihr Spanner, rief Tore, wartet mal. Sie gingen zu den Rädern. Das erzähl ich euren Mamis, rief Tore, ich kenne nämlich eure Nachnamen, die werden sich wundern. Er blieb auf dem Parkplatz stehen, ihr kleinen Spanner, haut doch ab.

Sie fuhren schweigend an der Eisdiele vorbei in die Felder.

An diesem Nachmittag sahen sie mitten im Weizen zwei Sonnen. Der Himmel war dunstig, und in dem Dunst stand die Sonne, unscharf, ein heller Kreis mit verwaschenen Rändern. Plötzlich hing neben ihr ein zweiter Kreis, genauso rund und dunstig. Gregor, rief Dorst, guck mal nach oben. Gregor schaute hoch und schlingerte mit dem Rad. Er bremste. Dorst und Gregor stiegen von den Rädern und schauten zum Himmel. Nein, sagte Dorst, das gibt es gar nicht. Kann das schon der Mond sein, sagte Gregor. Das gibt es doch nicht. Sie starrten in den hellen Dunst. Eine Doppelsonne, sagte Dorst, das glaubt ja keiner. Ein Wunder. Wahnsinn, rief Gregor, und sie standen nebeneinander im Weizen, die Räder im Gras, jetzt guck dir das an, heute kriegen wir was zu sehen, Wahnsinn. Ob wir die einzigen sind, die das sehen. Sie stiegen wieder auf die Räder. Vielleicht ist es ein Zeichen, sagte Gregor. Oder ein echtes Wunder, so wie früher, sagte Dorst. Der Feldweg mündete in eine Landstraße, und sie radelten durch ein Waldstück. Als sie den Himmel wieder sehen konnten, war der Dunst dichter geworden, und beide Sonnen waren verschwunden.

Abends setzten sie sich in das überfüllte Fernsehzimmer der Jugendherberge und guckten Nachrichten, um zu sehen, ob das Wunder darin vorkam. Umschalten, der Krimi läuft im Zweiten, sagte ein Mädchen mit toupierten Haaren, die Dorst an Karina erinnerten. Du willst wohl hinterm Mond leben, sagte er zu ihr. Wer lebt hier wo, du Pfarrer, sagte sie und schaute auf seine dunklen Kleider. Sie warteten bis zum Wetterbericht, aber auf der Wetterkarte waren nur einzelne Sonnen und kleine Regenschauer eingezeichnet.

15.

Als sie nach Hause kamen, waren sie braun und hatten lange Fingernägel. Sie radelten durch die Vororte zurück in die Stadt. Hinter dem Zubringer trennten sich ihre Wege. Ja also dann, sagte Gregor. Ob dieser Tore was erzählt hat, sagte Dorst. Ach Quatsch, sagte Gregor, der weiß doch gar nicht, wo wir wohnen. Fährst du jetzt gleich zu euch, sagte Dorst. Ja klar, sagte Gregor, wir sehen uns morgen. Oder spätestens in der Schule. Sie machten Würgegeräusche und lachten. Ja dann, sagte Dorst, also. Langsam fuhren sie auseinander, drehten sich noch einmal um und winkten sich verschwörerisch zu. Dorst fuhr hinter der Tankstelle einen Umweg am Sportplatz vorbei, in einem großen Bogen nach Hause. Seine Mutter stand in der Tür, als er mit den Fahrradtaschen und der gelben Regenjacke die Treppe hochkam. Ihre Stimme klang ärgerlich, du hättest ja wirklich anrufen können, also wirklich, das war doch ausgemacht. Ich hatte ja keine Ahnung, wo ihr steckt. Wenn irgendwas gewesen wäre. Dorst stellte die Fahrradtaschen in den Flur. Und, sagte sie, wie war es denn. Die besten Ferien überhaupt, sagte Dorst, und nächstes Jahr fahren wir wieder. Noch weiter.

Noch in derselben Woche hörte Dorst mit dem Geigen auf. Frau Grabowski saß breitbeinig neben dem Notenständer und hörte ihm beim Stimmen zu. Die D-Saite hielt nicht, und Dorst drehte mit feuchten Händen am Wirbel. Immer wieder schüttelte sie den Kopf. Da, sagte Dorst, übrigens, nach diesem Mal höre ich auf, wir können uns das nicht mehr leisten. Frau Grabowski setzte sich gerade hin. Sitzend wirkte sie sehr groß. Ihr strenger Blick weichte auf. Augenblick, sagte sie, aha, also kannst du das nochmal sagen. Dorst stimmte weiter. Augenblick, rief sie, man versteht ja sein eigenes Wort nicht. Was sagt deine Mutter dazu, ich meine, das wäre ja ein Jammer. Sie stand auf und stieß an den Notenständer. Die Mutter kam mit dem Cognac. Hören Sie, wenn es ein finanzielles Problem ist, sagte Frau Grabowski, es gibt da Mittel und Wege, er ist ja nicht unbegabt. Worum geht es, sagte die Mutter und reichte ihr den Cognac, ich habe Sie noch gar nicht begrüßt. Frau Grabowski schaute Dorst an. Dorst schaute seine Mutter an und sagte, daß wir aufhören müssen, meint sie. Daß es ein Jammer ist. Seine Mutter schaute auf das Cognacglas in Frau Grabowskis weichgecremten Händen, dann kurz aus dem Fenster. Tut uns wirklich in der Seele weh, sagte sie, aber was soll man machen. So kurzfristig, sagte Frau Grabowski wütend, also wissen Sie. So was kann man doch zusammen angehen, Mittel und Wege. Wir haben es kreuz und quer gerechnet, sagte die Mutter, kann ich Ihnen noch ein Gläschen anbieten. Den Rest der Stunde tranken Frau Grabowski und die Mutter Cognac. Frau Grabowski verließ besänftigt die Wohnung und wünschte Dorst an der Tür alles Gute für die Zukunft. Als Dorst ins Wohnzimmer kam, saß die Mutter am Couchtisch und studierte das Muster der Weinflecken und Gläserränder auf der Tischplatte. Sie sah nicht auf. Dorst lockerte die Wirbel seiner Geige, sättigte den Bogen mit Kolophonium und entspannte ihn. Auf die schlaffen Saiten legte er ein Tuch. Dann schloß er den Kasten und schob die Geige unter das Bett. Abends ging die Mutter weg, ohne Karina zu bestellen.

Im nächsten Sommer machten sie keine Tour. Gregor hatte eine Freundin, die viel lachte und sich oft von hinten an ihn lehnte. Sie fährt nicht gern so weit, sagte Gregor zu Dorst, sie ist zwar sportlich, aber sowas mag sie nicht. Sie kann surfen. Aber wir wollten doch in die Berge, sagte Dorst. Machen wir ja auch mal, sagte Gregor, aber diesmal will sie ans Meer oder so, ihre Eltern haben irgendwo ein Haus. Du kannst ja mit, sagte er höflich. Ich fahre wieder, sagte Dorst, ich such mir halt jemanden. Jetzt komm, sagte Gregor, such dir doch einfach eine Freundin, dann gehen wir alle surfen.

Er war rastlos, machte kleine Touren zu Gasthäusern und Badeseen in der Umgebung. Einmal geriet er in einen Märchenpark und schaute Kindern zu, die Markstücke in kleine Kästen warfen und auf und ab sprangen, bis eine Frau Holle mit riesigen Augen und einem mechanischen Kopfrucken die Fenster öffnete und Kissen ausschüttelte. Sieben Zwerge mit aufgequollenen Gesichtern standen um ein erstarrtes Schneewittchen herum. Aus einem Turm schwenkte Rapunzel lange Plastikhaare, während aus dem kleinen Kasten eine blecherne Stimme sie aufforderte, ihr Haar herabzulassen. Rapunzel, Rapunzel, schrien die Kinder. Dorst setzte sich auf eine Bank und aß ein Zitroneneis, das anders schmeckte als im letzten Jahr. Seine Mutter war mit Herrn Quoirin in den Vogesen. Gregor würde sich, sobald er könnte, ein Motorrad, dann, wenn er in die Wirtschaft ginge, ein Auto kaufen. Laß dein Haar herunter, schrien die Kinder.

Elner mochte Märchen. Sie wollte immer, daß Dorst ihr aus dem gelben Märchenbuch vorlas, dessen Seiten bei den besten Märchen nur noch locker zusammenhielten. Sie hatte Hunderte von Krimis und Romanen, aber manchmal wollte sie nur Märchen. Sie zündete Kerzen an und breitete eine Decke über Dorsts Knie und ihre angezogenen Beine. Können wir nicht irgend etwas anderes lesen, sagte Dorst. Wie wär's mit einem, der auszog, das Fürchten zu lernen, sagte sie mit der Dringlichkeit eines kleinen Mädchens. Er war ein schlechter Vorleser, räusperte sich oft und mußte mitten im Satz gähnen. Manchmal verlor er, obwohl er den Finger auf den Zeilen hielt, die Stelle und mußte oben auf der Seite neu anfangen. Unter der Decke wurde ihm heiß. Elner, sagte er, komm, wir gehen essen. Oder in die Disco. Komm doch mal zur Ruhe, sagte Elner, was hat er dann gemacht, und sie zog die Füße höher auf das Sofa. Dorst mühte sich durch das Märchen, am Ende wachte der Jüngling in nassen Algen auf, Frösche überall, und lernte das Fürchten.

Der Sommer endete in stummer Hitze. Die Mutter und Herr Quoirin kamen heiter aus den Vogesen zurück. Das nächste Mal fährst du mit, sagte Herr Quoirin, die Burgen, das ist was für Jungen. Wie Gott in Frankreich, sagte die Mutter und zwinkerte Herrn Quoirin zu. Nach dem Essen sollst du ruhn, sagte Herr Quoirin, und beide lachten. Die Mutter stand auf und suchte einen Korkenzieher. Sich was Gutes tun, sagte sie, das ist überhaupt das Geheimnis. Dorst war verschwitzt in den dunklen Kleidern. Die Hemden waren alle langärmelig.

In der Schule bildeten sich Gruppen, die in den Pausen zusammenstanden. Sie rauchten oder sie spielten Skat. Dorst ging langsam von Gruppe zu Gruppe. Er stellte sich neben die anderen und schob mit der Fußspitze Zigarettenkippen hin und her. Gregor saß immer auf den Stufen hinter dem Biologietrakt und aß Hefeschnecken mit seiner Freundin, oder er hielt einen Fächer Karten in der Hand. Der Einsatz war hoch, man durfte nicht dazwischenreden. Dorst lernte allmählich die Regeln, schaute von hinten in die Karten und hielt sich zurück. Manchmal träumte er von Tore und den Frauen auf der Liegewiese.

Er brachte sich das Angeln bei und saß nach den Hausaufgaben am Rudolfsee, neben sich einen Styroporbecher mit verknäulten Regenwürmern. Die Fische waren immer zu klein. Er packte ihre festen, nassen Körper, schaute in die leeren Augen und bog ihnen den Haken aus den Mäulern. Dann schleuderte er sie zurück ins Wasser. Er fing jedesmal die gleiche Sorte, kleine braungesprenkelte Fische mit starren Augen. Vielleicht gab es nur einen einzigen Fisch, der im Rudolfsee seine Runden drehte und auf Dorsts Würmer wartete, sich aus dem trüben Wasser reißen ließ und in Dorsts Hand mit dem kleinen braunen Schwanz zuckte. Endlich wieder im Wasser, öffnete und schloß er die verletzten Lippen und verwand den Schreck des Fluges. Niemand sonst angelte am Rudolfsee. In der Schutzhütte am anderen Ufer lebten Penner. Sie kamen und gingen mit Plastiktüten voller Flaschen. Solange es heiß war, saßen sie manchmal am Wasser und schauten ihren Hunden zu, die sich mit hohen Stimmen anbellten und in die Beine bissen. Dorst hielt die Angel ins Wasser und wartete. Wenn Kinder kamen und mit Stöcken nach den Enten warfen, holte er die Leine ein. Manchmal nahm er Lateinvokabeln oder Bücher mit.

16.

Ein Jahr vor dem Abitur traf er Ruben. Ruben war fünf und saß am Sandkasten vor dem Haus, als Dorst hinter den Müllcontainern nach Regenwürmern suchte. Im Sand lagen Plastikbagger, Eimer und ein roter Kran, aber Ruben spielte nicht. Er schaute Dorst zu, der einen Stock in die Erde steckte und leicht mit den Fingern dagegen klopfte. Was machst du da, sagte Ruben. Regenwürmer fangen, sagte Dorst. Warum, sagte Ruben. Zum Angeln, sagte Dorst. Warum, sagte Ruben. Warum nicht, sagte Dorst. Ruben schwieg. Dorst trommelte sanft gegen das Stöckchen. Was machst du da, sagte Ruben, warum haust du gegen den Zweig. Damit die Regenwürmer denken, es regnet, sagte Dorst, die stecken ihre Köpfe raus, und ich fange sie. Siehst du schon welche, fragte Ruben und kam herüber. Dorst klopfte weiter. Du kannst doch Wasser auf die Erde gießen, sagte Ruben, mit einer Gießkanne, dann denken sie auch, es regnet. Stimmt, sagte Dorst, und was machst du. Ich muß draußen spielen, sagte Ruben. Ganz allein, fragte Dorst. Die Leli ist meine Freundin, sagte Ruben, aber die darf nicht raus, und der Jan hat Flöte, und Caro will nicht mit mir spielen. Ach so, sagte Dorst. Die will nie mit mir spielen, sagte Ruben, stellte sich auf ein Bein und schabte mit dem linken Schuh an der rechten Wade, aber das ist mir egal.

Ich helf dir, sagte Ruben, drehte sich um und lief weg. Dorst trommelte. Ruben kam mit einem Armvoll Zweigen, kniete sich zu Dorst und legte sie auf den Boden, wir machen ganz viele Stöcke, dann denken sie, es regnet ganz doll. Er spießte die Zweige um sich herum in die Erde und klopfte geduldig gegen jeden. Die wollen nicht, sagte Dorst nach einer Weile. Ruben überlegte, wartest du mal hier, und er lief zum Sandkasten. Dorst sah ihm nach. Er trug kurze Hosen und hatte runde Beine. Er kam wieder mit einem kleinen Eimer voller matschigem Sand. So, sagte er, jetzt denken sie, es regnet wirklich, und er goß den Matsch über die Zweige. Sie wühlten im aufgeweichten Boden. Wir warten mal ab, sagte Dorst, wahrscheinlich trauen sie sich nicht, ich muß jetzt auch weiter.

Als er am nächsten Tag mit Büchern unter dem Arm nach unten ging, kniete Ruben hinter dem Müllcontainer und grub. Einen hab ich, rief er, als er Dorst sah, aber er ist nur halb. Wo gehst du hin. Lernen, sagte Dorst. Ich komm mit, sagte Ruben. Darfst du das denn, fragte Dorst, wo ist denn deine Mutter. Arbeiten, sagte Ruben. Und wer paßt auf dich auf, sagte Dorst. Ich bin schon fünf, sagte Ruben, ich kann schon fahrradfahren. Willst du mal mein Fahrrad sehen. Und dein Vater, fragte Dorst. Arbeiten, sagte Ruben, es hat sogar Gangschaltung. Spielt er manchmal mit dir, sagte Dorst. Und eine Hupe wie ein Auto, sagte Ruben.

Sie gingen zusammen durch die Siedlung. Da wohnt Caro, sagte Ruben und zeigte auf ein sechsstöckiges Mietshaus, da wo die komischen Vorhänge sind, aber das ist mir egal. In den Ferien fahren wir nach Spanien, im Flugzeug. Dorst dachte an Tunesien und sagte, und was macht ihr da. Im Sand eingraben, sagte Ruben, und Eis essen, und ich kann auch schon schwimmen. Gibt es da Haie, sagte Dorst. Ruben blieb stehen und stellte sich auf ein Bein. Glaub nicht, sagte er und dann sagte er, doch, ganz viele, aber die kann ich fangen. Ich halte ihnen das Maul auf, dann können sie nicht beißen. Dorst blieb auch stehen. Wohin gehst du, sagte Ruben. Zeig mir mal dein Fahrrad, sagte Dorst. Sie kehrten um und gingen zurück zum Sandkasten. Rubens Fahrrad lehnte an der Hecke. Dorst legte die Bücher auf den Rand des Sandkastens. Ruben stieg auf das Fahrrad und hupte, siehst du, sagte er, wie ein Auto. Er fuhr einen Bogen um den Sandkasten, dann einen größeren, bis Dorst ihn nicht mehr sah. Er stand neben den Büchern und wartete. Eine Mutter schob ein Kind auf einem Dreirad mit einem langen Stiel vor sich her. Nein, schrie das Kind und hob die Füße von den Pedalen. Die Pedale kreisten wild durch die Luft. Wir spielen jetzt hier, sagte die Mutter und schob das Kind in den Sand. Aus einer Plastiktüte schüttete sie Förmchen und Schaufeln neben das Kind. Ruben kam zurück und hupte, hast du gesehen. Ganz schön schnell, sagte Dorst. Das Kind griff nach einer Schaufel und schleuderte Sand durch die Luft. Dorst hörte, wie die Körner auf dem Umschlag des obersten Buches prickelten. Ihr Brüderchen, fragte die Mutter. Und die Hupe, sagte Ruben, die ist vielleicht laut. Ja, sagte Dorst, ich meine, nein, nicht direkt. Er nahm die Bücher und wischte Sand von den Einbänden, ich muß los.

Immer wenn Dorst aus der Schule kam oder nachmittags wegging, wartete Ruben auf ihn. Manchmal suchte Dorst sich Umwege. Wenn Ruben mit dem roten Kran spielte oder hinter dem Müllcontainer nach Regenwürmern grub, die er in Streichholzschachteln füllte und für Dorst in den Briefkasten steckte, schlich sich Dorst an ihm vorbei zum Rudolfsee oder in die Stadt. Warte, rief Ruben, ich komm mit. Spiel doch mal mit dieser Leli, sagte Dorst, die hab ich ja noch nie gesehen. Die darf nicht raus, sagte Ruben, ich kann aus Sand eine Tiefgarage bauen, guck mal. Dann geh doch zu ihr, sagte Dorst. Gehen wir zur Stadt, fragte Ruben. Darfst du denn weg vom Sandkasten. Zum Eis, sagte Ruben, ich nehm drei Kugeln. Sie gingen über den Zubringer zur Ladenstraße. Nach links und rechts gucken, wenn du über die Straße gehst, sagte Dorst. Weiß ich, sagte Ruben, Vanille, Schokolade, Waldmeister. Dorst kaufte ihm ein Hörnchen mit drei Kugeln. Er hob das Eis an den Mund und saugte. Nächstes Mal nehm ich auf jeden Fall Himbeer, sagte er undeutlich. Ich muß was erledigen, sagte Dorst, kommst du mit. Ruben steckte sich die Eiswaffel zwischen die Lippen wie einen Schnabel und ging neben ihm, kopfnickend und leise gackernd. Zwischendurch nahm er die Waffel aus dem Mund und sagte, ich bin ein Fasan. Ach so, sagte Dorst. Im Kopierladen bog Dorst Bücher flach und legte sie auf die warme Glasscheibe. Warum machst du das, fragte Ruben. Für die Schule, sagte Dorst. Ich komm auch bald in die Schule. Zeig mal deine Hand, sagte Dorst, wischte Vanillespuren ab und drückte Rubens Hand auf den Kopierer. Der Verkäufer blickte herüber. Da, sagte Dorst und nahm das warme, gebogene Blatt aus der Ablage, für dich. Ruben schaute auf die weiße Hand, durchzogen von feinen dunklen Linien, kann ich das behalten. Kann ich Ihnen behilflich sein, fragte der Verkäufer und kam näher. Wir kommen zurecht, sagte Dorst. Ruben faltete das Blatt zu einem dicken Päckchen und steckte es in die Hosentasche.

Einmal trafen sie die anderen vor McDonald's. Ruben ging langsam neben Dorst her und machte ruckartige Schritte, ich bin ein Roboter, sagte er. Dorst schaute in die Auslagen der Geschäfte und hörte Rubens schnaubenden Geräuschen zu, du mußt mal geölt werden, sagte er und sah die anderen. Sie lehnten vor den Reklametafeln, hielten Tüten mit salzigen Fritten in den Händen und hatten Dorst schon im Blick. Er blieb stehen. Ruben schritt auf sie zu. Brems mal, sagte Dorst leise, aber Ruben hörte ihn nicht. Ist das dein Bruder, sagte Elke, die sonst nicht mit ihm sprach, wie süß, will er eine Fritte. Oder dein Kind, sagte Monika. Elke und Monika lachten. Sie lachten so laut, daß Elke die Tränen in die Augen traten. Ruben mußte auch lachen. Deswegen kommst du nie mit, sagte Olli, hast halt andere Sorgen, Windeln und so. Elke lachte wieder, Monika nicht. Du hast einen komischen Bruder, sagte Elke zu Ruben und hielt ihm eine Fritte hin, die sie in Mayonnaise getaucht hatte. Ruben drehte sich zu Dorst um. Wir müssen, sagte Dorst. Er hat immer schwarze Sachen an, ist dir das schon mal aufgefallen, sagte Elke zu Ruben, komm, nimm was, das macht klug. Ruben sah Dorst an. Dann sagte er, ich bin schon satt, und wich zurück, bis er sich gegen Dorsts Knie lehnen konnte. Aber in der Schule ist er der Star, sagte Elke. Jetzt laß ihn, sagte Monika, der ist doch süß, der Kleine. Wir gehen, sagte Dorst, also bis dann.

Als sie am Rudolfsee zusammen geangelt hatten, sagte Ruben, kann ich mit reinkommen. Nein, sagte Dorst, du mußt mal zu Hause auftauchen. Was sagen denn deine Eltern, die wollen dich doch auch mal sehen. Die arbeiten, sagte Ruben. Jetzt doch nicht, sagte Dorst, die sind doch jetzt bestimmt zu Hause, und du kriegst Abendessen. Ich will bei dir mit reinkommen, sagte Ruben. Er setzte sich auf den sandigen Boden. Ich muß noch was für die Schule tun, sagte Dorst, wir können nicht immer spielen. Warum, sagte Ruben. Darum. Ruben zog mit einem Stock Striche in den Boden. Komm, wir gehen nach Hause, sagte Dorst. Ruben sprang hoch und wollte seine Hand nehmen. Ich meine, jeder zu sich, sagte Dorst. Ruben fing an zu zappeln. Wenn er wütend wurde, zappelte er mit den Armen und Beinen. Ich will aber mit, sagte er. Ruben, sagte Dorst und hielt seine Hände fest. Ich kann doch nicht dauernd mit Babys spielen. Warum, sagte Ruben, und dann verstand er und wurde still.

Seine Schultern wurden steif. Er stand im Sand und schien zu horchen, dann drehte er sich um und ging.

Am nächsten Tag wartete er nicht auf Dorst. Am übernächsten saß er am Sandkasten und hielt ein neues Polizeiauto hoch, um es Dorst zu zeigen. Im Herbst kam Ruben in die Schule. Herr Quoirin schenkte Dorst eine Tasche aus dunklem Leder mit einem Griff aus Hartplastik. Fürs Abitur, sagte er, damit du immer alles beisammen hast. Dorst und Ruben sahen sich nur noch selten.

Herr Quoirin war nicht mehr wegzudenken. Eine Zeitlang benutzte Dorst die Tasche für seine Angelhaken und Blinker. Herr Quoirin fragte einmal im Jahr danach, wenn sie bei der Mutter aufeinandertrafen. Sein Haar blieb dicht und war über den Ohren gerade geschnitten. Dorst vermutete eine Perücke und wartete vor allem an windigen Tagen darauf, sie über Herrn Quoirins Augenbrauen rutschen zu sehen. Aber sie saß unverrückbar, während das Haar seiner Mutter immer dünner wurde. Herr Quoirin kam trotzdem.

Er hat nach dir gefragt, sagte die Mutter am Telefon, Mittwoch kommt er. Dorst verschob seinen Besuch auf den Dienstag und stieß im Hausflur mit Herrn Quoirin zusammen, der feuchtes Papier von einem Strauß gelber Rosen zupfte und sich räusperte. Ganz der alte, sagte Herr Quoirin, und Dorst wußte nicht, wen er meinte. Ich schau nur rasch vorbei, sagte er. Aber ein, zwei Stündchen werden ja wohl drin sein, sagte Herr Quoirin, für die alten Eltern. Er ging vor und redete weiter, seine Stimme hallte im Treppenhaus. Dorst kehrte um, schlug die Haustür hinter sich zu und ging am Sandkasten vorbei zur Straßenbahn. An der Haltestelle sah er einen schlaksigen Jungen, der Ruben sein konnte.

Die Mutter umgab sich mit Leuten und nannte ihn Schrat. Karina, die Einzelhandelskauffrau geworden war, kam immer noch, brachte Saft und Preißelbeeren. Was kriegt sie dafür, fragte Dorst. Ja, wenn du nie da bist, sagte die Mutter. Die Fußpflegerin rieb ihr Öl auf die Knöchel. Auch Herr Quoirin schenkte unverdrossen. Die Wohnung war voll mit Duftlampen, Ziergewächsen, Apfelkerzen und Erdbeerseifen. Manchmal las die Mutter im kleinen Kreis aus ihren Heften und reichte Trockenobst in provenzalischen Keramikschalen von Herrn Quoirin. Dorst durfte nie dabei sein. Morgen abend wird gelesen, sagte die Mutter am Telefon, als läse jemand anderes als sie. Ja und, sagte Dorst, soll das eine Einladung sein. Es paßt niemand mehr aufs Sofa, sagte die Mutter, du hast ja sicher auch was vor. Dorst hatte nichts vor und sagte, stimmt, es paßt schlecht. Gehst du aus, fragte die Mutter sofort, wir könnten ja auch mal alle zusammen gehen. Ins Kino. Aber du hast ja schon was vor, sagte Dorst.

17.

Die Frauen vor Elner brachte er nicht zu seiner Mutter. Mit Gun nahm er die Straßenbahn nach Hause, stieg aber nicht aus und blieb bis zur Endstation mit ihr sitzen. Die Endstation lag im Osten und war gut beleuchtet. Alle Häuser im Osten waren gut beleuchtet. Durch die Fenster sah man Mütter mit Salatschüsseln. Und wohin müssen wir, sagte Gun und stieg aus. Hier lang, sagte Dorst und zog sie hinter das rotgestrichene, gut beleuchtete Wartehäuschen. Er drängte sie an die Wand und preßte sich an sie. Gun war dünn und aufgeregt und leicht festzuhalten. Sie zuckte mit den Handgelenken und stieß ihm die Nase in den Hals, was soll das, was machst du denn. Dorst wollte sie küssen, aber sie zappelte und sprach die ganze Zeit, ich denke, wir wollten zu deiner Mutter, laß das, ich will das nicht. Sie riß eine Hand los und zerrte ihn von hinten am Hemd. Zwei Fahrgäste näherten sich der Endstation. Dorst ließ Gun los und stopfte sich das Hemd in die Hose. Die Straßenbahn sah aus wie ein geheiztes Wohnzimmer. Wir müssen los, sagte Dorst. Wo wohnt sie denn, sagte Gun, ich bin ganz durcheinander. Sie hatte kurze, glattgekämmte Haare. Dorst ging um das Wartehaus herum zur Straßenbahn. Die Türen schlossen sich, als Gun einsteigen wollte. Sie stand zwischen den Gummileisten, ein Bein auf der Straße, eins auf den Stufen, und wehrte sich gegen die Türen. Dorst saß schon und schaute zu. Bist du verrückt, sagte sie und setzte sich neben ihn, willst du mich hier stehenlassen oder wie. Sie holte Veilchenpastillen aus der Jackentasche und steckte sich zwei in den Mund. Wenn sie lutschte, stülpte sie die Lippen nach außen. Dorst wußte nicht, ob er sich entschuldigen sollte. Sie fuhren schweigend zurück in die Stadt. Gun zupfte ständig am Kragen ihrer Jacke.

Sie trug seidige Blazer in Pastelltönen und sagte oft, ich hadere mit der Vergangenheit. Dann legte sie den Kopf unmerklich zur Seite und wartete, daß Dorst sie ausfragte. Dorst brachte es nie über sich. Wenigstens war sie nicht neugierig. Sie redete meistens selbst und machte Andeutun gen, die im Raum standen wie ihr Geruch nach Veilchenpastillen und Fenchelbonbons. Wenn sie sich küßten und Dorst sich ihrem Gesicht näherte, mußte er den Atem anhalten. Sie hatten sich in einem Schuhgeschäft kennengelernt.

Dorst hatte lange Zeit die schwarzen Schuhe seines Vaters getragen. Sie waren ihm vorne zu eng, so daß er die Zehen einrollen mußte und an den Fersen Blasen bekam, die sich im Laufe der Jahre in Hornhaut verwandelten. Als die Sohlen sich zu lösen begannen, ging er in mehrere Schuhläden, stellte den rechten Fuß auf kleine gepolsterte Bänke und ließ sich schwarze Schuhe bringen. Gun war besonders eifrig. Sie kniete vor ihm und drückte seine Zehen in die neuen Schuhe. Dorst sah auf ihren säuberlichen Scheitel herab und bewegte die Zehen. Sie müssen Ihnen vor allem gefallen, sagte sie, gehen Sie mal ein paar Schritte. Dorst ging ein paar Schritte, während Gun um ihn herumlief und ein angestrengtes Gesicht machte. Vorne muß Spielraum sein, sagte sie, und wie fühlt es sich an. Ja ich weiß nicht, sagte Dorst, dem die neuen Schuhe wie Klammern um die Füße schienen, insgesamt zu fest. Er mußte sich setzen und die Beine hochlegen, und wieder schob und drückte sie, aber Sie brauchen doch Halt, also, wenn Sie mich fragen. Neben Dorst probierte eine Frau Sandalen und zog sich eine Pelle aus Nylon über den Fuß. Dorst schaute ihr zu und vergaß Gun, die immer noch vor ihm kniete und aufgeregt zu ihm hochsah, oder soll ich Ihnen eine halbe Nummer größer geben. Die Frau schob den nylonumhüllten Fuß in die Sandale und verzog das Gesicht. Es paßt schon, sagte Dorst, ich nehm sie dann. Pflegemittel haben wir auch, sagte Gun stolz, und wenn irgendwas ist, ich schreib Ihnen meine Nummer auf. Wie, sagte Dorst, welche Nummer. Sie kassierte und schrieb auf den Kassenzettel ihren Namen und eine Nummer. Ja also dann, sagte Dorst staunend, schaute auf den Zettel und in ihr rotes, spitzes Gesicht.

Am nächsten Tag rief er sie an. Machen Sie das öfter, fragte er. Was machen Sie beruflich, fragte sie. Wieso, sagte er. Und passen die Schuhe, fragte sie. Schon, sagte er, wollen Sie mich treffen, ich hole Sie vom Laden ab. Er wartete vor dem Schaufenster und bewegte die Zehen in den neuen Schuhen. In der Auslage waren Herbstblätter, Rindenstücke und Pflastersteine zwischen die Schuhe gestreut. Ich mache die Deko, sagte sie hinter ihm, das hab ich im Wald gesammelt.

Die Pflastersteine auch, fragte er. Sie sagte, jetzt könnte ich was Flüssiges gebrauchen. Sie tranken einen Kaffee auf der Dachterrasse von Kahlmann. Als er vom Klo zurückkam, hielt sie sich einen Taschenspiegel vor die Augen und kämmte sich die Haare. Sie steckte schnell den Kamm weg und sagte zum ersten Mal, früher, nur Probleme, ich hab einen neuen Anfang gemacht. Machen müssen. Aber ich hadere noch mit der Vergangenheit. Dorst machte ein unbestimmtes Geräusch und versuchte, in den neuen Schuhen die Zehen einzurollen, aber sie steckten zu fest im Leder. Gun drehte die Papierserviette zu einem Stab. Vielleicht sollten wir, sagte Dorst. Vor Kahlmann gaben sie sich die Hand.

Dorst rief nicht mehr an. Eine Woche später traf er sie am Reiterdenkmal. Sie trug einen fleischfarbenen Seidenblazer und hatte ihre Lider grün bemalt. Tut mir leid, ich bin gar nicht mehr dazu gekommen, sagte Dorst, ich wollte Sie ja schon längst anrufen. Ich weiß doch, wie das ist, rief Gun, wollen Sie vielleicht auf ein Tässchen mitkommen, warum nicht. Sie gingen in ihre kleine Wohnung. Überall standen Blumengestecke und bronzene Gießkannen. Gun hängte den Seidenblazer auf einen Bügel, führte Dorst ins Wohnzimmer und setzte sich auf seinen Schoß. Sie war sehr leicht. Dorst legte ungeschickt eine Hand auf ihre Wirbelsäule und streckte den Kopf zu ihr hoch. Sie faßte ihn unter den Achseln und bückte sich zu seinem Gesicht herunter. Beide behielten die Schuhe an. Ich muß dann wohl los, sagte Dorst nach einer Stunde.

Manchmal war sie schon nackt, wenn er kam. Trotzdem bot sie ihm ein Tässchen Kaffee an, das sie in der Küche zubereitete. Sie stand fröstelnd und sehr gerade vor der Kaffeemaschine und wartete auf das feuchte Gurgeln. Wenn sie die Milch aus dem Kühlschrank holte, hingen ihre Brüste nach unten. Dorst dachte an Tore und die Frauen im Schwimmbad, bis er aufgeregt wurde. Dann kam sie mit einem Tablett ins Wohnzimmer. Er ließ sie reden und wartete darauf, daß sie die Zeitschriften auf dem Sofa beiseite schob und sich auf seinen Schoß setzte.

Einmal sah er sie in einer Konditorei in der Ladenstraße. Sie saß direkt hinter der Scheibe und hatte sich einen Kelch voller Eis bestellt, verziert mit Sahneschnörkeln und Papierschirmen. Vor ihr lag eine Zeitung, aber sie schaute nach vorne, durch die anderen Gäste hindurch. Dorst blieb draußen stehen und wartete. Sie saß bewegungslos vor dem gefüllten Eiskelch, den Löffel zwischen Daumen und Zeigefinger. Dann legte sie den Löffel neben den Kelch, krümmte die Finger und betrachtete ihre Nägel. Sie drehte sich zum Fenster und schlug die Beine übereinander. Dorst wich zurück. Er beschloß, ihr beim nächstenmal etwas mitzubringen.

Er ging in ein Blumengeschäft und betrachtete die Sträuße, die mit Marienkäfern auf Drahtstielen besteckt und Ton in Ton gehalten waren. Was darf es sein, sagte eine Verkäuferin in grünem Kittel. Es roch nach feuchtem Lehm. Ich schau mich erst um, sagte Dorst und beugte sich über eine Vase voller Rosen. Die sind künstlich, sagte die Verkäuferin, aus Seide, nicht wahr, man glaubt es nicht. Ach so, sagte Dorst und faßte in die Blüten. Sie fühlten sich trocken an und raschelten wie Zeitungen. Davon nehme ich welche, sagte er, einen kleinen Strauß vielleicht. Da haben Sie lange was von, sagte die Verkäuferin, oder soll es ein Geschenk sein. Sie zwinkerte und packte die Rosen in Zellophanpapier. Die haben sogar Dornen, sagte sie, gelegentlich abstauben.

Dorst brachte die Rosen zu Gun und klingelte. Niemand öffnete. Er ließ den Strauß sinken und wartete auf der Treppe, aber es blieb still. Schließlich lehnte er den Strauß gegen ihre Wohnungstür und schrieb ihr dazu einen Zettel, mit unvergänglichen Grüßen. Vor dem Haus drehte er sich langsam in alle Richtungen, atmete ein und aus.

Gegenüber an der Ecke war ein Straßencafé. Die Menschen an den vorderen Tischen beobachteten ihn. Ein Mann in Motorradkluft lehnte sich heiter zurück, einen Fuß auf seinem Helm, und verschränkte die Arme. Schräg hinter ihm hatte eine Frau mit bauschig gefönten Haaren den Reiseführer sinken lassen. Ein älteres Paar nickte sich beglückt zu. Dorst war sich sicher, daß alle Augen auf ihm ruhten. Zerzauste Tauben eilten zwischen den Tischen hin und her. Er ging hinüber und setzte sich zu dem Mann in Motorradkluft. Ich darf doch, sagte er. Klar, sagte der Mann, nahm den Fuß vom Helm und rückte mit dem geschnörkelten Stuhl zur Seite. Dorst bestellte eine Bananenmilch, die nicht mit Bananen, sondern mit einem gelblichen Pulver schaumig geschlagen wurde. Er hatte bei Regen schon einmal drinnen gesessen und dem Kellner dabei zugesehen, wie er das Pulver, einen Eßlöffel Zucker und einige Tropfen aus einem verklebten Glasrohr vermischt und in die Milch gekippt hatte. Wo ist denn Ihr Motorrad, fragte er. Der Mann hatte lange, verschwitzte Haare, die sich flach an seine Kopfhaut schmiegten. Weg, sagte er freundlich. Aha, sagte Dorst. Die kleine Honda ist hin, sagte der Mann. In der Kurve raus. Ich hatte Schwein, sie haben mich aus dem Acker gekratzt. Aber die kleine Honda war hin. Und die große Maschine, die war zu teuer. Wuchs mir über den Kopf. Die Raten. Irgendwann war Schluß, keiner wollte mir was leihen. Aber ich hab sie ein gutes Jahr unterm Hintern gehabt. Dorst schaute auf den Helm. Der bringt Glück, sagte der Mann. Die Klamotten auch. Da steckt noch das Gefühl drin vom Fahren, die behalt ich an. Immer, fragte Dorst. Würden Sie etwa Ihren Ehering wegschmeißen, wenn Ihre Frau ins Gras beißt, sagte der Mann. Ich dachte nur, es muß doch heiß sein, sagte Dorst, bei der Arbeit und so, und er sah an Guns Haus hoch. Keine Arbeit, sagte der Mann, und Sie. Also ich mache alles mögliche, sagte Dorst und rührte mit dem Strohhalm in der Bananenmilch, komisch, heute schmeckt es fast so, als wenn echte Banane drin wäre. Ich bin mal früher Motorrad gefahren, als Beifahrer, und plötzlich wußte er, was er dem Mann erzählen wollte. Hintendrauf, es ging ziemlich schnell, ich habe extra nicht auf die Straße geguckt. Gregor, mein Kumpel, der fuhr sehr gut. Kühn, aber gewußt wie. Und plötzlich war irgendwas auf der Straße, mitten auf dem Land, sanfte Kurve. Da muß etwas gewesen sein, Öl vielleicht. Da rutschte das Rad weg, das hintere, direkt unter mir, das glitt einfach weg, es ging blitzschnell, ein Atemzug bloß. Gregor hat am Lenker gerissen, ich konnte es gar nicht sehen, und plötzlich fuhren wir wieder aufrecht und fest wie immer. Er hat dann gebremst, ganz vorsichtig, hat angehalten, den Motor abgestellt, ich bin abgestiegen, er ist abgestiegen. Wir standen einfach da, er war sehr blaß, und haben herumgeguckt und geschwiegen. Ich hätte mich fast übergeben. Kennen Sie das? Dann sind wir beide wieder aufgestiegen und zügig weitergefahren. Wir haben nie mehr darüber gesprochen. Das glaube ich Ihnen, sagte der Mann, auf Messers Schneide. Genau, sagte Dorst und fühlte sich plötzlich geschwächt. Also dann, sagte er und legte das Geld für die Bananenmilch auf den Tisch. Sie nickten sich zu. Dorst ging zurück zu Guns Wohnung, wo das Zellophanpapier noch im Hausflur schimmerte. Er nahm den Zettel aus den Rosen, steckte ihn in die Tasche und ging in die Stadt.

18.

Jasmin war älter als Dorst. Sie stand in der Wäscherei neben dem Honigladen und bügelte Hemden. Vor der Wäscherei hingen auf einer Stange frische Blusen zum Durchlüften.

Wenn Dorst Honig kaufte, schaute er vorher und nachher durch die beschlagenen Scheiben und sah Jasmin an ihrem breiten Bügelbrett. Aus einer Plastikflasche sprengte sie Wasser auf Stapel grob gefalteter Wäsche. Sie hatte die Ärmel ihres Frotteekleids hochgekrempelt und nickte im Takt zu Klavierklängen aus dem Hintergrund. Dorst gefiel die Musik. Er zog seinen Mantel aus, legte ihn über den Arm und trat ein. Sie hielt den Blick auf den Hemdkragen gerichtet, den sie mit einer Hand straffzog, und sagte, guten Morgen. Es bedient Sie Jasmin, war mit Filzstift auf ein Pappschild neben der Kasse geschrieben. Was hören Sie da, sagte Dorst. Radio, sagte sie. Der Mantel hier müßte mal, sagte Dorst und breitete den Mantel auf der Theke aus. Taschen bitte ausleeren, sagte Jasmin, ohne aufzuschauen. Dorst fuhr mit den Händen in die Taschen und holte Stifte, Fenchelbonbons von Gun, einen Klumpen Taschentücher und den zerknickten Zettel mit dem Gruß an Gun heraus. Bis Freitag, sagte Jasmin. Er ist uralt, sagte Dorst, lohnt sich das überhaupt. Müssen Sie wissen, sagte Jasmin, ich mach Ihnen alles. Dauert nur seine Zeit. Ihre Nägel waren sehr kurz geschnitten. Noch von meinem Vater, sagte Dorst. Jasmin füllte einen Zettel mit seinem Namen aus und steckte ihn an den Mantelaufschlag. Gutes Material, sagte sie, unvergänglich. Sie können sowas wegschmeißen, ist ja nicht mehr modisch, aber das kriegen Sie so schnell nicht wieder. Ist Ihnen nicht zu heiß in der Waschküche hier, sagte Dorst. Wie Sauna, sagte sie, gut für die Haut. Ihre Haut war straff und rot.

Dorst lebte bis Freitag ohne Mantel. Aus der Wäscherei klang diesmal Akkordeonmusik. Gefällt Ihnen das, sagte er zu Jasmin, die gleich den Mantel von einem Ständer nahm und in Plastik einhüllte. Hauptsache Musik, sagte sie und klopfte mit dem Fuß im Takt. Der Mantel sah verjüngt und staubfrei aus. Was das ausmacht, sagte Dorst. Das kriegen Sie in der Chemischen so nicht, sagte Jasmin, klar, da geht es schneller, aber alles in einem Aufwasch. Ich nehm ihn gleich so, sagte Dorst. Warum ist es hier eigentlich so leer. Wir machen es nicht mehr lang, sagte Jasmin, kaum noch Kunden. Sie standen im Dampfgeruch und schauten auf den Mantel. Das Akkordeon verstummte kurz und brach dann in eine Polka aus. Jasmin legte Stecknadeln aus der Hand und vollführte mit den Fingern einen kleinen Tanz auf der Theke. Augenblick, sagte Dorst, gleich wieder da. Er lief nach nebenan in den Honigladen und kaufte ein Glas Lindenblütenhonig, ganz eilig, sagte er zur Honigfrau, die schon die Stäbchen zum Probieren auf den Tisch legte, ich nehm es gleich so. Er trug das Honigglas in die Wäscherei und stellte es auf die Theke, für Sie, sagte er zu Jasmin. Ach hören Sie mal, sagte sie streng, wie kommen Sie denn jetzt darauf. Der beste, sagte er und schob ihr das Glas hin. Sie wollen mich wohl auf den Arm nehmen, sagte sie, schaute auf das Etikett und schüttelte den Kopf, na danke schön. Sie stellte den Honig hinter sich auf ein Regal und verschränkte abwartend die Arme. Dorst sagte, ja ich sollte dann also wohl, guten Appetit. Plötzlich lachte Jasmin, soll ich Ihnen mal was sagen, ganz ehrlich, ich kann Honig nicht ausstehen, überhaupt nicht, ich schenk ihn weiter, ich weiß schon wem. Ihre rote Haut sah frisch gedampft aus.

Dorst ging stundenlang durch die Stadt. Schon längst kannte er alle Straßen, Gassen, Kanäle, Gullis, Briefkästen, Bordsteine und Parkplätze. Dienstags brachte er beharrlich seine Hemden zu Jasmin. Warum ist bei Ihnen eigentlich alles in Schwarz, sagte sie, das ist ja wie bei einer Beerdigung, schwarz ist doch gar keine Farbe. Sie haben ja auch immer dasselbe an, sagte er. Für die Arbeit, sagte sie. Dorst stellte sich einen Kleiderschrank voll mit blauen Frotteekleidern vor. Und danach, fragte er, wenn ich fragen darf. Fragen darf man alles, sagte Jasmin, antworten muß niemand. Und wenn

Sie zumachen müssen, fragte er, was ist dann. Gibt ja noch andere Sachen, als Leuten die Hemden zu bügeln, oder, sagte sie. Dorst nahm ihre Hand und küßte sie. Sie spinnen wohl, sagte Jasmin und lachte. Er behielt seine Lippen auf ihrem Handgelenk, bis sie den Arm wegzog. Der Honig stand immer noch hinter ihr auf dem Regal.

Einmal wollte Gun mit ihm zu Jasmin. Sie hatten sich auf dem Sofa eine Stunde lang aneinandergerieben und dabei ein Glas Kirschsaft vom Couchtisch gestoßen. Auf Guns Seidenbluse verliefen die Tropfen zu dunklen Schlieren. Sie setzte sich auf, schrie, wie Blut, eklig, und riß an der Bluse. Zwei Knöpfe sprangen ab. Gun hielt die Bluse mit den Fingerspitzen, eklig, das geht ja nicht mehr raus, ich bring sie gleich weg, liegt ja auf dem Weg, kommst du mit. Dorst zog sich die Socken hoch und ging mit ihr auf die Straße. Die zusammengerollte Bluse hatte sie unter die Ellbogen geklemmt. Sie ging schneller als er und redete. Dorst erkannte die Richtung, Gun, sagte er, da drüben ist doch diese Schnellreinigung, die machen dir das ruckzuck. In der Auslage der Schnellreinigung saß ein in die Breite gegangenes Plastikkänguruh. Ich weiß schon wohin, sagte Gun, es eilt ja nicht, lieber anständig, neben diesem Honigladen, weißt du. Sie bog in die Seitenstraße ein. Aber da ist es viel teurer, sagte Dorst und blieb stehen. Er hörte schon das Radio durch die Straße hallen. Ich muß los, rief er Gun hinterher, ich geh nicht mit, seh dich übermorgen, und er machte kehrt. Wie bitte, rief sie, eine Hand auf der Klinke, man versteht hier sein eigenes Wort nicht, wohin gehst du. Sie öffnete die Ladentür, und symphonischer Lärm drang auf die Straße. Dorst winkte ihr und bog um die Ecke.

Alle seine Hemden waren gereinigt und gebügelt. Die neuen Schuhe hatte er eingelaufen.

19.

Gregor zog aus der Stadt weg und machte eine Abschiedsfeier. Bring was zum Grillen mit, sagte er am Telefon, und deine Freundin. Dorst ging in den Supermarkt und kaufte schnekkenförmig eingerollte Würste. Dann lief er an der Wäscherei vorbei, aus der die unerbittliche Stimme eines gutgelaunten Moderators schallte, zu Guns Haus, starrte auf die einheitlich gedruckten Namensschilder und den kleinen geriffelten Lautsprecher. Er führte seinen Finger, der auf Guns Klingel lag, eine Reihe tiefer und drückte. Ja, sagte eine Stimme knapp im Gegensprecher. Ja, sagte Dorst, ich habe eine Einladung für Sie. Hau ab, sagte die Stimme. Ich erklär es Ihnen, sagte Dorst. Der Türöffner sprang an. Dorst ging in den zweiten Stock und legte sich einen Satz zurecht. Im Türrahmen lehnte ein Mann. Er hatte nackte Füße und trug um den Hals ein goldenes Kreuz. Was willst du, wir geben nichts, sagte er und dehnte sich am Rahmen entlang. Wollen Sie mit auf ein Grillfest, sagte Dorst, einfach mal so. Der Mann sah ihn an und fing an zu lachen. In die Fußmatte vor seiner Wohnung war ein Willkommensgruß eingeflochten. Und wer feiert da mit wem, sagte er und lachte. Am Rudolfsee, sagte Dorst, ich dachte, mal ein paar neue Leute, und er stellte kühn einen Fuß auf die Matte. Er war es nicht gewohnt, mit Männern zu verhandeln. Du willst mich wohl verarschen, sagte der Mann plötzlich laut und stellte sich breitbeinig auf die Matte.

Dorst zog den Fuß zurück. Seine Nase begann zu laufen. Er hörte jemanden die Stufen heraufkommen und drehte sich zum Treppenhaus. Es war Gun mit zwei Einkaufstaschen und einer widerstandsfähigen Topfpflanze. Zu den künstlichen Rosen hatte sie nie etwas gesagt, sie standen in einer venezianischen Vase hinter dem Sherry und blieben staubfrei. Sie sah vor sich hin und atmete laut durch die Nase. Als sie den Kopf hob und Dorst sah, stellte sie die Einkaufstaschen auf die Treppenstufe und sagte, was machst du denn hier, eins höher, guten Tag Herr Köpf. Tag, sagte Herr Köpf knapp. Ich wollte nicht zu dir, sagte Dorst, ich muß jetzt auch los. Die dicken Blätter der Topfpflanze berührten Guns Gesicht. Wieso, wohin denn, sagte sie. An den Rudolfsee, sagte Herr Köpf. Genau, sagte Dorst und lief an Gun vorbei die Treppe hinunter.

Gregor hatte zwischen den Baumstämmen ein Transparent aufgespannt, Good bye stand darauf. Neben der Waldhütte parkte ein polierter Oldtimer, über dem offenen Verdeck eine Wolke von Luftballons, als ob er gleich abheben wollte. Die Penner waren ausgestorben oder umgezogen. An den Bäumen lehnten frisierte Leute. Gregor drehte an einem Spieß, auf dem ein Spanferkel Fett aussonderte, und war verschwitzt. Dorst hatte ihn seit Jahren nicht gesehen. Er sah geschult und rasiert aus. Neben ihm schüttelte eine große Frau mit gekrümmten Fingern ihr Haar auf, bis es ungekämmt über ihre Schultern fiel. Hinter den Leuten lag der Rudolfsee moosgrün und roch sumpfig.

Dorst schlug einen Bogen um die Hütte und ging zum Ufer. Er konnte das Wasser nicht erkennen. Eine dicke grüne Schicht hatte sich über den See gezogen wie eine Haut. Dorst stieg durch das Schilf, bückte sich und stach einen Finger hindurch. Die Schicht war weich und schleimig. Darunter fühlte Dorst das Wasser. Fliegen und Mücken ohne Flügel liefen auf der Schicht hin und her, ohne Spuren zu hinterlassen.

Langsam ging Dorst zurück zur Hütte. Gregor stand, die Hände ins Kreuz gestemmt, zwischen Leuten und ließ den Blick schweifen. Er sah Dorst gleich. Hier spielt die Musik, rief er, wo ist deine Freundin. Dorst hob die Hände in die Luft und versuchte zu lachen. Ach so, rief Gregor, nix zu holen, aber gut, daß du da bist, du Einsiedler. Wo hast du gesteckt. Jetzt wo ich wegmache, kriechst du aus der Höhle.

Dorst nickte abwartend. Nachher trinken wir in Ruhe ein Bier, sagte Gregor, erstmal in die Gänge kommen, das Ferkel ist auch noch nicht das Wahre. Meine Freundin, übrigens, und er zeigte auf die große Frau mit den kunstvoll verworrenen Haaren, bis gleich dann. Du bist aber nicht die aus der Schule mit den Hefeschnecken, sagte Dorst, überrascht von seiner eigenen Redseligkeit. Was für Hefeschnecken, sagte die Frau, das klingt nach Kalorienbombe, und was machst du so. Du meinst jetzt gerade oder überhaupt, fragte Dorst. Die Frau sah nach rechts und links und winkte jemandem hinter Dorst zu. Überhaupt, sagte sie, beruflich mein ich, entschuldige mich gerade mal, hallo Kit. Sie ging mit ausgestreckten Armen an Dorst vorbei. Er hörte Jubeln und drei doppelte Kußgeräusche.

Live-Band kommt gleich, sagte jemand neben ihm mit einem gestutzten Stoppelbart, er läßt sich nicht lumpen, der alte Knabe, aber er hat's ja. Spielt er noch Gitarre, fragte Dorst ihn, er war mal ziemlich gut. Gitarre, ehrlich, keine Ahnung, sagte der Mann, ich kenn Greg noch nicht so lange, und du. Er wandte sich zu Dorst. Ewig, sagte Dorst, doch, ich weiß gar nicht mehr seit wann. Und den Kontakt gehalten, fragte der Mann, da gehört schon was zu, aus den Augen aus dem Sinn. Man muß da schon an sich arbeiten. Kann man nicht so laufen lassen, dann passiert nämlich gar nichts, Ebbe. Ja, sagte Dorst, kenn ich. Und das ist doch, sagte der Mann, ein Zeichen unserer Zeit, willst du ein Bier. Er griff hinter sich und reichte Dorst eine Flasche. Daß man nichts mehr in Beziehungen investiert, jeder für sich, sagte der Mann, während Dorst sehr schnell das Bier trank und dann mit plötzlichem Nachdruck sagte, also den Gregor kenn ich aus der Kindheit, und er trank die Flasche aus, hast du noch eins. Guter Zug, sagte der Mann, ich mein ja nur ganz generell. Na eben, sagte Dorst und entschloß sich zu bleiben.

Jemand stellte sich auf einen umgedrehten Bierkasten und rief, alle herhören, also Greg, du brichst zu neuen Ufern auf, wir wünschen dir viel Glück zuhauf, und daß du auch mal zwischendurch verschnauf. Die Live-Band kam nicht. Das Spanferkel tropfte in die Flammen und wurde mit Bier begossen. Dorst suchte nach Klassenkameraden, aber er erkannte niemanden. Gregors Freundin baute die Anlage auf und drehte die Lautstärke hoch. Und was ist mit dem Oldtimer, fragte Dorst. Dreimal darfst du raten, sagte jemand. Leute fingen an zu tanzen und warfen Tannenzapfen durch die Luft.

Als Dorst früher mit Ruben am Rudolfsee angeln war, saß Ruben zwei Stunden stumm neben ihm. Manchmal nickten sie sich zu. Gut, daß wir so viele Würmer haben, sagte Ruben einmal leise. Einer der braungesprenkelten Fische biß bei Dorst an. Dorst spürte den leichten Ruck, sprang auf und bog sich nach hinten, als ob ihm der Fisch alle Kraft abverlangte. Jetzt, rief er, paß auf, und er verzerrte das Gesicht und stieß schnaufende Geräusche aus. Ruben sprang auf und rief, ich helf dir, gleich kommt er, ich helf dir. Er legte eine Hand auf die Angel. Dorst ruckte mit den Armen und ging in die Knie. Ich seh was, da kommt er, rief Ruben. Ein schmaler braungesprenkelter Fisch baumelte am Haken und krümmte sich. Wir haben ihn, jauchzte Ruben, genau, sagte Dorst und nahm den Fisch vorsichtig von der Angel. Darf ich mal dranfassen, fragte Ruben aufgeregt und drückte dem Fisch einen Finger in die Seite. Der Fisch blickte leer nach oben. Essen wir den, rief Ruben, wir machen ein Lagerfeuer und übernachten hier und essen den. Magst du denn Fisch, fragte Dorst. Es geht, sagte Ruben. Dann tun wir ihn wieder rein, sagte Dorst und gab ihn Ruben in die Hände. Ruben faßte nach dem feuchten Körper, der sich ihm beinahe aus den Händen wand, und legte ihn vorsichtig ins Wasser.

Dorst packte seine gekringelten Würste aus und drängte sich zum Grill. Das Ferkel wurde aufgeschnitten und roch salzig. Nicht auf die Bluse, rief eine Frau, der jemand ein Stück Ferkel hinhielt. Die Würste sind schon, sagte ein Mädchen. Dorst legte seine Wurstschnecke zwischen Krakauer und sah neben der Hütte Gregor, der ihm winkte, und amüsierst du dich, komm mal rüber. Sie stießen mit Bierflaschen an. Und deine Mutter, fragte Gregor. Keine Haare mehr, sagte Dorst, aber sonst sehr umtriebig. Was ist denn mit dem See los. Entengrütze, sagte Gregor, ach Entengrütze, sagte Dorst, und sie lachten. Firmenwechsel, sagte Gregor, ich bin gespannt, was auf mich zukommt, und du. Sehr gespannt, sagte Dorst. Ich meine, was hast du so vor, sagte Gregor. Weißt du noch, unsere Touren, sagte Dorst, aber auf dem Motorrad hast du mich nur einmal mitgenommen. Verkauft, sagte Gregor, zu gefährlich. Dorst setzte die Flasche an die Lippen und blies über den Rand. Das war schon was, sagte Gregor, und was ist mit deiner Freundin. Meine kommt mit, er zeigte auf seine Freundin, die händeweise Ferkel austeilte, sie ist mein ruhender Pol. Würd ich dir auch raten, raus aus der Einöde, such dir jemanden. Ist das dein Vermächtnis, fragte Dorst. Vermächtnis, sagte Gregor, ja genau, und sie stießen noch einmal die Bierflaschen aneinander. Ich geb dir meine Karte, sagte Gregor, komm einfach vorbei. Er suchte in den Taschen seiner Leinenhose, jetzt gerade keine dabei, du kriegst noch eine. Greg, rief Gregors Freundin. Sie will Kinder, sagte Gregor, stell dir das mal vor. Er hielt sich die Bierflasche an die Stirn und rollte sie sachte hin und her. Stell dir das mal vor, sagte er noch einmal und schaute eine Weile auf die Zweige zwischen seinen Schuhen, ich geh mal rüber. Gregor und Dorst gingen langsam zurück zum Grill. Ja dann, sagte Gregor, ich meine, wir sehen uns ja noch. Greg, rief die Freundin, alle wollen mit dir tanzen. Gregor stellte die Bierflasche auf den Boden zwischen die Zweige und sagte, ja dann. Dann mal los. Als er zu seiner Freundin ging, sah Dorst, daß sein Hemd am Rücken dunkle Flecken hatte. Dorst merkte, wie das Bier gegen seine Magenwände schwappte. Er fühlte sich sehr nüchtern.

Gregor war da, sagte seine Mutter am Telefon. Dorst, der noch im Bett lag, gähnte, und es knackte in den Hörer. Eben gerade, in aller Herrgottsfrüh, sagte die Mutter, um sich zu verabschieden, er geht woanders hin, gut sieht er aus. Dorst sah neben sich an der Tapete eine rechteckige Motte. Er holte aus und schlug sie zu Pulver. Er macht was aus sich, sagte die Mutter, hörst du. Ein netter Kerl, ein richtig netter Kerl, war er ja früher auch schon, einfach umgänglich. Ich hab jetzt auch einen Job, sagte Dorst. Er hörte, daß die Mutter scharf Luft einsog. Dann sagte sie beiläufig, ach ja, und was, wenn man fragen darf. Stadtführungen, sagte Dorst. Die Mutter schwieg, dann fragte sie, braucht man dazu ein Einserabitur. Schaden wird es nicht, sagte Dorst. Von mir kriegst du auch nicht ewig Geld, sagte die Mutter. Sie legten auf.

20.

Dorst stand auf, wusch sich die Hände und putzte lange die Zähne, auch die Zunge, auf der sich ein gesprenkelter Belag gesammelt hatte. Wenn er mit der Zahnbürste zu weit nach hinten kam, mußte er würgen. Dann schrieb er mit einem dicken Filzstift auf ein Stück Pappe, Stadtführungen der anderen Art, 20 DM pro Stunde. Er zog das dunkle Cordjakkett an, fuhr mit der Straßenbahn in die Stadt und stellte sich in einer Seitenstraße neben das Touristikbüro.

Auf dem Parkplatz gegenüber liefen die zweistöckigen Reisebusse ein. Hinter den getönten Scheiben saßen Damen mit Mikrofonen und wiesen nach rechts und links. Wenn die Busse hielten, sprachen sie noch eine Weile weiter, dann öffneten sich die Türen mit einem Prusten. Dorst beobachtete die Reisenden, die mit steifen Beinen die Stufen herabstiegen und sich blinzelnd die Nacken massierten. Sie zogen sich Strumpfhosen hoch und zupften an ihrer Unterwäsche. An ihren Handgelenken baumelten eingewickelte Regenschirme. Sie teilten sich sofort in Grüppchen auf. Eine Schar strömte ins Touristikbüro und bildete dort Schlangen. Eine andere schloß sich der Dame mit Namensschild am Blazer an. Der Rest der Reisenden stand unschlüssig am Bus, bevor er sich allmählich in die Straßen der Stadt verteilte. Auf sie hatte Dorst gewartet.

Sie redeten und scherzten, während sie ihre Ausrüstungen überprüften. Sie legten neue Filme ein und knipsten einander vor dem Bus. Sie holten Sonnenbrillen aus den Handtaschen und banden sich die Schuhe. Sie zählten Geldscheine und falteten Stadtpläne auf. Sie drehten sich suchend im Kreis und sahen das Straßenschild neben dem Touristikbüro, unter dem Dorst stand. Langsam lösten sie sich voneinander und schlenderten zu zweit oder zu dritt auf die Schaufenster der umliegenden Geschäfte zu. Manche kauften Taschenmesser mit fünfzehn Klingen und Trachtenpuppen mit dekorierten Hüten. Im Vorbeigehen musterten sie Dorst und sein Schild.

Eine Mutter mit Tochter und ein älterer Mann blieben stehen. Dorst sammelte sich. Was heißt andere Art, fragte die Mutter. Sie sind doch bestimmt schon viel herumgekommen, sagte Dorst. Die Tochter kicherte. Der Mann sagte nichts. Ich zeig Ihnen was anderes, sagte Dorst und wunderte sich über sich selbst, keine Kirchen, Rathäuser, keine Reiterdenkmäler. Cool, sagte die Tochter, komm Mami, das machen wir. Die Mutter fragte den Mann, und Herr Strässer, sind Sie auch mit von der Partie. Herr Strässer machte ein unentschlossenes Gesicht, blieb aber stehen. Zwei Japanerinnen traten hinzu. Dann können wir ja, sagte Dorst. Zu sechst gingen sie die Seitenstraße hinunter. Keiner sprach. Dorst dachte nach.

Die Stadt verdankt ihren Reichtum den Fleischern, sagte er und blieb vor der Metzgerei an der Ecke stehen. Im Fenster hing eine Plastiksau mit acht Zitzen. Es heißt zwar immer, es gab hier Gold und Kohle. Aber in Wirklichkeit waren es die Ferkel, die zarten Gebirgsferkel. Glückliche Ferkel. Sie kriegten ein halbes Jahr lang Quellwasser und Milch und Mehlkartoffeln. Hatten keine Ahnung, was los war. Dann wurden sie von den Bergen in die Stadt gebracht und auf Spießen gebraten. Ihr Fleisch rollt man zu Schnecken zusammen, das ist eine Spezialität aus der Gegend. Sehen Sie. Alle schauten in die Auslage der Metzgerei. Auf einem eisernen Tablett lagen eingedrehte Grillwürste. Früher hat man die in Salz eingelegt und in alle Welt verschickt, sagte Dorst, das ist in alten Handschriften erwähnt. Igitt, sagte die Tochter. Die Mutter machte sich Notizen in einen kleinen Spiralblock. Herr Strässer blieb mißtrauisch.

Hier vorne ist der Limonadenbrunnen, sagte Dorst und führte die Gruppe um die Ecke zu dem roten Sandsteinbrunnen, an dem Punks saßen und rauchten. In Dürrezeiten, früher, ist er ausgetrocknet, und die Leute haben das Wasser aus Baumrinden und Gras gepreßt. Es hat nicht gereicht, und die Zunge hing ihnen zum Hals raus. Die kleinen Kinder haben geheult, Sie können sich das vorstellen. Die beiden Japanerinnen hoben die Augenbrauen. Und als es ganz schlimm wurde, sagte Dorst, und keiner mehr wußte, wo der nächste Tropfen herkommen sollte, da spritzte aus diesem Brunnen ein Strahl Limonade. Gab es damals schon Limonade, fragte die Tochter, Sprite oder was. Die Mutter stieß die Tochter an.

Eben nicht, sagte Dorst, die Leute kamen mit Töpfen und Krügen, die ganze Stadt hat sich am Brunnenrand gedrängt. Die Tochter tauchte einen Finger in das Brunnenbecken, lutschte daran und sagte, schmeckt süß. Dorst wunderte sich. Er wartete darauf, daß Herr Strässer ihn am Ärmel packen und bloßstellen würde, aber Herr Strässer beugte sich mit geradem Rücken über den Brunnen, hielt die Hand ins Wasser und dann an den Mund, stimmt, sagte er.

Dorst steuerte die Gruppe an Jasmins Wäscherei und dem Honigladen vorbei zum Münster. Gotisch, sagte er, das sehen Sie ja. Den Turm hat ein Fledermauszüchter gemietet, er hat die ideale Höhe. Die Fledermäuse können ein- und ausfliegen, an die Glockenschläge haben sie sich gewöhnt. Eigentlich waren sie fast ausgestorben, aber der Züchter hat ein paar Weibchen ins Mauerwerk gehängt, mit dem Kopf nach unten, wie Fledermäuse eben so hängen, und die Männchen sind dann von allein gekommen. Typisch, sagte Herr Strässer. Sie sind ruhelos, sagte Dorst, aber sie wissen, wo sie sich aufhängen können, wenn die Sonne kommt. Der Bischof hat eine Genehmigung erteilt. Was fressen Fledermäuse, fragte die Tochter. Weiß ich auch nicht, sagte Dorst. Schon lange hatte er nicht mehr so viel gesprochen. Er dachte an Tante Lollo und ihre Geschichten. Seine Kehle war rauh, und das Hemd klebte in den Achselhöhlen fest. Er würde es zu Jasmin bringen müssen.

Auf diesem Balkon, sagte er und zeigte auf die Ballustrade des alten Kontorhauses, zeigte sich jeden Mittwoch die Ehrenbürgerin dieser Stadt, Frau Lollo. Warum Mittwoch, fragte die Tochter. Das war die Sitte, sagte Dorst. Sie war unglaublich dick und trug Kleider wie Zelte. Die Leute liebten sie und brachten ihr Gebäck, das sie auf den Balkon warfen. Irgendwann wurde sie sehr krank, aber sie stand jeden Mittwoch auf dem Balkon und beugte sich über das Geländer und redete mit den Leuten. Sie wurde immer dünner, und die Leute brachten ihr immer mehr Gebäck, aber sie konnte es nicht mehr essen. Und dann, fragte die eine Japanerin. Dann war sie so dünn wie ein Strich und konnte nicht mehr auf den Balkon, weil die Zugluft sie weggeweht hätte. Als sie starb, waren die Leute untröstlich, sagte Dorst, und zogen ein Jahr lang nur schwarze Kleider an. Herr Strässer knipste den Balkon.

Dorst zeigte ihnen noch das Fachgeschäft für Angelbedarf, den steinernen Harfenspieler an der Rathausfassade und die Holunderbüsche hinter der Post. Sie gingen an der Ladenstraße entlang zurück zum Parkplatz. Sehr ungewöhnlich, sagte Herr Strässer. Cool, sagte die Tochter, wir bedanken uns, sagte die Mutter, und die Japanerinnen nickten. Sie holten aus ihren Brustbeuteln, Bauchgürteln und Handtaschen Zwanzigmarkscheine und gaben sie Dorst. Am Bus sammelten sich Grüppchen mit Tüten und Postern. Woher haben Sie das bloß alles, sagte Herr Strässer zu Dorst und ging kopfschüttelnd zum vorderen Grüppchen. Die Tochter wollte Dorst noch knipsen. Er mußte sich an die Straßenecke stellen und sein Pappschild hochhalten. Die nächsten Reisenden verlangsamten schon ihre Schritte, aber Dorst war entkräftet, packte das Schild weg und ging.

In seinem Zimmer genehmigte er sich nach seinem ersten Arbeitstag ein Bier und einen Reisschnaps. Er saß am Küchentisch und holte tief Luft. Er konnte sich nicht erinnern, jemals in seinem Leben so lange vor so vielen Menschen gesprochen zu haben. Sein Hemd hatte, wie Gregors, nasse Flecken am Rücken. Er widerstand dem Drang, in Büchern über die Stadt nachzuschlagen. Von nun an würde er jeden Tag eine Gruppe führen. Wenn niemand käme, würde er Würmer sammeln und angeln gehen.

Es kamen immer Leute. Manche hielten ihn für einen Bettler und lasen sein Schild nicht, aber viele ließen die Blicke schweifen, auf der Suche nach Sehenswürdigem, und stießen gleich auf Dorst. Er sammelte sich und entschied erst im Losgehen, wohin er ihre Schritte zuerst lenken wollte. Jeder Gang war anders. Oft staute sich in der Seitenstraße die Konkurrenz, und Dorst sah Damen mit erhobenen Schirmen auf Fassaden weisen. Die Köpfe der Gruppen folgten den Schirmen. Dorst drückte sich mit seiner Gruppe an den Hauswänden entlang, bis sie dem Stau entronnen waren. Rokoko, hörten sie im Vorbeigehen, ganz exquisit, und jetzt darf ich Ihre Aufmerksamkeit etwas weiter nach links lenken, Sie wissen ja, diese Stadt ist eigentlich für ihre Gotik berühmt geworden. Als Dorst sich zu seiner Gruppe umdrehte, hatte er eine Reisende verloren. Mit ihrem sandfarbenen Mantel war sie in die anderen hineingeschmolzen, er konnte sie nicht mehr erkennen.

Er wußte nie, mit wem er es zu tun hatte. Die Herren mit Reiseführern waren eingearbeitet und hatten Einwände. Kunstsinnige Damen verdrehten die Köpfe nach denkmalgeschützten Giebeln, über die Dorst nichts zu sagen hatte. Kinder pufften sich in die Seiten und hatten Plastikeier in den Hosentaschen, die in regelmäßigen Abständen verzerrte Melodien dudelten. Aber manchmal war auch alles ganz anders, die Herren mit den Reiseführern hingen an seinen Lippen, die Damen hatten Einwände und die Kinder verdrehten die Köpfe. Dorst wurde gefilmt, geknipst und gezeichnet. Ein amerikanisches Mädchen schenkte ihm ihre Sonnenbrille, ein finnischer Lehrer gab ihm seine Telefonnummer. Er wußte, daß er keinen der Reisenden wiedersehen würde. Er zeigte ihnen den Kiosk, der echten Champagner verkaufte, die liebestollen Tauben in der Hochgarage, den Musikladen, der mit elektrischen Geigen handelte, und die schielenden Wasserspeier an der Rathausfassade. Er sprach von dem Stelldichein der Einkaufswagen, dem künstlichen Rosenkavalier und den Leinenhemden der

Heiligen Jasmin. Mit einer Gruppe fuhr er im Linienbus zum Rudolfsee und erzählte ihnen von dem kleinen Jungen, der mit einer selbstgemachten Angel eine ungeheuerliche Forelle fing. Und wenn der Tag milde war, brachte er sie zum Honigladen, ließ sie die gedrehten Stäbchen in die Gläser tauchen und über die Zungen rollen. Die Honigfrau stand schweigsam im Hintergrund und wickelte Honiggläser in Papierbögen.

Als er mit einer Gruppe über den Markt ging und von der Erfindung der Essiggurke redete, lief Gun vorbei und erkannte ihn nicht. Einmal entdeckte er seine Mutter, die sich am Touristikbüro in die Schaufensterauslagen vertiefte und unauffällig zu ihm herübersah. Als sich Reisende um ihn sammelten, setzte sie sich in Bewegung. Unter dem Arm trug sie Notizbücher und ihr Federmäppchen. Dorst gab kein Zeichen des Erkennens, steckte sein Schild weg und sagte zu den Reisenden, heute muß die Führung leider ausfallen. Ohne sich umzudrehen, eilte er die Seitenstraße entlang und versteckte sich in der Metzgerei, bis er die Mutter vorübergehen sah.

21.

Elner fiel ihm gleich ins Auge. Sie stand zwischen Holländern und band sich ihr dickes Haar mit einem Tuch zurück. Für eine Reise war sie nicht ausgerüstet, trug keine Gesundheitsschuhe, keinen neuen Rucksack, keine zusammengerollte Regenjacke um die Hüfte und keine Kamera am Handgelenk. Wie ein Postbote hatte sie eine alte Tasche um den Hals gehängt, aus der Papiere schauten. Ihre Sandalen waren zu groß. Die Holländer schwiegen erwartungsvoll. Wir fangen gleich hier an, sagte Dorst, Ihnen ist vielleicht aufgefallen, daß die meisten Autos auf dem Parkplatz rückwärts eingeparkt sind. Elner und die Holländer drehten sich zum Parkplatz um. Dorst sah, wie Elners Augen von Auto zu Auto wanderten. Das kommt so, sagte Dorst, die Leute in dieser Stadt sind sehr vorausschauend. Schon im Mittelalter haben sie die Stadtmauer höher gebaut als alle anderen, und ihre Handschriften haben sie auf Kuhhaut geschrieben wie alle, aber dazu noch so eine Art klaren Harz auf die Seiten geschmiert, damit sie nicht aufweichen und für immer halten. Egal was sie machen, sie denken dabei immer schon an später. Also parken sie gleich rückwärts ein, damit sie später leichter wieder herauskommen. Schlau, sagte eine Holländerin. Einparken, das konnte ich noch nie, sagte Elner zu der Holländerin.

Dorst führte sie an der steinernen Schildkröte vorbei, über den Skateplatz zum alten Güterbahnhof. Die Montagehallen und Werkstätten rosteten still. Elner und die Holländer hoben die Füße zwischen zersprungenen Schwellen und überwucherten Bierdosen. Hier unter den Gleisen, sagte Dorst und ging vor in die Unterführung, sehen Sie die geheime Bevölkerung unserer Stadt. Elner und die Holländer standen im feuchten Halbdunkel und warteten. Überall, sagte Dorst, wenn man genau hinschaut. Sie bückten sich. Einer Holländerin schlug die Handtasche ins Gesicht. Der Boden leuchtete weißlich. Pilze, sagte Elner. Zwischen ihren Füßen, an den Wänden, in allen Fugen, auf jedem Millimeter des modrigen Schotters wuchsen weiße, glänzende Pilze. Champignons, sagte Dorst, die werden hier gezüchtet, und keiner ahnt etwas davon. Nachts kommt der Züchter und pflückt sie, und am nächsten Morgen sind sie schon wieder nachgewachsen. Haben Sie schon mal Rahmschnitzel mit Jägersoße bestellt, seit Sie in der Stadt sind. Die Pilze kommen von hier. Unverwüstlich. Elner fuhr mit der Hand über die gekrümmte Wand des feuchten Tunnels. Einige Holländer pflückten sich faustgroße Champignons und knabberten daran. Sie standen in der dunklen, würzigen Pilzluft und aßen.

Elner kam nun jeden Tag. Wenn sie morgens nicht da war, wartete Dorst bis zum Nachmittag mit seiner ersten Führung, um sie nicht zu verpassen. Die alte Tasche trug sie immer um den Hals. Sie war anspruchsvoll und fragte genau nach. Sie kommen doch von hier, sagte Dorst, wieso machen Sie eigentlich hier mit. Urlaub, sagte Elner, mal ein bißchen was anderes. Dorst begann, sich nun doch auf die Führungen vorzubereiten. Abends blätterte er in Büchern und machte sich kleine Notizen, die er dann in der Badewanne auswendig lernte. Er ließ sich alle Führungen der letzten Monate durch den Kopf gehen und suchte die besten Orte aus. Als er nach einem Hagelschauer merkte, daß sein Hals anschwoll und seine Knochen schmerzten, lutschte er Fenchelblätter und trank warmes Bier mit Honig, das ihm den Schweiß aus allen Poren trieb, sogar aus den Ellbogen. Er wollte auf keinen Fall fehlen. Jeden Morgen fürchtete er, Elners Urlaub könnte vorbei sein. Er fragte sie nicht nach ihrer Adresse, er wollte nur, daß sie in der kleinen Gruppe stand, mit ihm durch die Straßen ging und ihm zuhörte.

Er führte sie nach Norden und Süden, Osten und Westen. Er zeigte ihr den Rudolfsee und die Ladenstraße, den Jugendtreff und das Schuhgeschäft, die Wäscherei und den Kopierladen, wo die ganze Gruppe ihre Hände kopierte. Elner hörte mit leicht schräggelegtem Kopf zu und überlegte sich Fragen. Manchmal schüttelte sie ungläubig ihr dickes Haar oder redete leise mit den Reisenden. Die Reisenden merkten, daß Elner mehr wußte als sie. Wenn Dorst voranging, hielten sie sich an Elner und stellten ihr Fragen. Sie gaben ihr Kameras und ließen sich von ihr knipsen. Sie band Kindern die Schuhe und schob einen alten Engländer im Rollstuhl über das Kopfsteinpflaster. Einer weinenden

Darmstädterin kaufte sie in der Ladenstraße einen Apfelsaft. Dorst führte die Gruppen in immer entlegenere Ecken der Stadt, um Elner jeden Tag etwas Neues zu zeigen. Am Schrottplatz redete er über die Flugbahn der Möwen, die über den rostigen Gebirgen in der Luft kreischten. Im Streichelzoo bückte er sich über Angorakaninchen und erzählte von australischen Springmäusen. Auf dem alten Friedhof las er die Grabinschriften von den moosigen Steinen.

Wenn die Führungen mit Elner vorüber waren, schwieg Dorst den Rest des Tages und sammelte neue Einfälle. Einmal blieb sie weg. Dorst wartete Stunde um Stunde, führte dann lustlos fünf Ungarn durch die Straßen und ließ den Blick schweifen. Einer dickhaarigen Frau an einer Litfaßsäule hätte er fast auf die Schulter geklopft. Eine große Unruhe beschleunigte seine Schritte. Die Ungarn fielen zurück und murmelten. Dorst wußte nicht mehr, was er sagen sollte. Er verfiel in Schweigen und vergaß seine Kunden. Nach einer Weile drehte er sich um und merkte, daß er sie verloren hatte. Er stand naßgeschwitzt in der Fußgängerzone und dachte an Elner. Das Pappschild hing ihm schief auf dem Rücken. Er wollte niemanden anders sehen als Elner. Jedem schaute er ins Gesicht und schüttelte immer wieder den Kopf. Man drehte sich nach ihm um. Das gibt es nicht, murmelte Dorst und setzte sich langsam in Bewegung, das gibt's doch nicht. Ich Idiot. So ein Idiot. Eine Frau mit einer großen Umhängetasche streifte ihn, und er fuhr herum. Ich Idiot, sagte er wieder, als er in ihr faltiges Gesicht sah, sowas von Idiot. Langsam ging er nach Hause und dachte nach. Er schlief kaum.

Am nächsten Morgen stellte er sich um halb neun an seine Stelle. Das Schild hatte er zu Hause gelassen. Sein Magen war hart und leer. Die Uhr auf dem Parkplatz behielt er im Blick. Ihre Zeiger waren eckig und sprangen mit einem leichten Zögern von Minute zu Minute. Ein Herz für Werbung, stand auf der Werbefläche unter dem Zifferblatt. Die ersten Busse liefen ein. Morgenfrische Reisende scharten sich um ausgeschlafene Damen. Leute mit Aktenkoffern gingen mit gesenktem Blick an Dorst vorbei. Manche bissen in Croissants. Frauen tasteten nach ihrer Frisur. Dorst wartete. Er zwang sich, nicht ständig nach der Uhr zu sehen, und folgte den Ritzen im Kopfsteinpflaster mit den Augen. Im Magen spürte er einen harten Pulsschlag. Stunden verstrichen. In der Metzgerei an der Ecke gab es Schinkenbrötchen, aber er konnte seinen Platz nicht verlassen. Entschuldigung, sagte jemand. Er zuckte hoch und spürte einen Schuß Blut in den Adern. Kennen Sie sich hier aus, sagte eine Reisende mit kindlichem Lächeln und einem Stadtplan. Dorst räusperte sich und sagte, überhaupt nicht, tut mir leid, bin nicht von hier. Ach so, ja dann, sagte die Reisende, danke sehr, und sie wandte sich ab, den Finger auf den Stadtplan gepreßt. Dorst lehnte sich mit dem Hintern an die Hauswand und beugte sich vornüber.

Heut keine Führung, fragte Elner. Dorst hielt still und schloß kurz die Augen. Dann richtete er sich langsam auf und streckte den Rücken durch. Ich, sagte er, ich meine, wo waren Sie denn. Wieso, sagte Elner und lachte, wo soll ich denn gewesen sein. Der Lederriemen der Tasche drückte in ihren runden Hals. Sie sah frisch gewaschen aus, ist ja menschenleer hier, wo bleiben die denn. Wissen Sie was, sagte Dorst, heut führe ich nur Sie. Ach, das lohnt sich doch nicht, sagte Elner, schon in Ordnung, ich hab noch was anderes zu erledigen. Ich komm noch mal vorbei, später, oder morgen. Nein, sagte Dorst, nein wirklich, ich zeig Ihnen was, das ist nur für Sie, nur jetzt. Sie standen sich gegenüber. Dorst schloß noch einmal die Augen. Ist Ihnen nicht gut, sagte Elner, also von mir aus, ich hab Zeit. Danke, sagte Dorst, dann können wir ja.

Zusammen gingen sie durch die Stadt. Dorst schloß immer wieder die Augen zu Spalten und ließ alles verschwimmen. Sonst sagte er nicht viel. Sie gingen durch die Straßen, die er ihr schon oft gezeigt hatte. Irgendwo kaufte er zwei Schinkenbrötchen und gab eines davon Elner. Sie blieb mit beherztem Schritt neben ihm und kaute. Komische Stadtführung, sagte sie, aber enttäuscht klang sie nicht. Gleich sind wir da, sagte Dorst. Sie sind schon komisch, sagte Elner, ziemlich komisch. Es klang wie ein Lob. Wieso, sagte Dorst, er wollte, daß sie weitersprach, wieso komisch. Jedenfalls lern ich eine Menge, sagte Elner, kann ich alles brauchen, diese ganzen Geschichten. Das erzähl ich alles den Kindern. Wieviel Kinder haben Sie denn, fragte Dorst schnell. Vierundzwanzig, sagte Elner. Dorst hörte auf zu kauen. Dritte Klasse, sagte Elner, ich bin Lehrerin. Deswegen sind Sie gekommen, sagte Dorst. In der vierten Klasse machen wir unsere Stadt, sagte Elner, ich wollte mal was anderes, seit Jahren hab ich dasselbe erzählt. Ich glaube an die Phantasie. Ach so, sagte Dorst, Lehrerin. Ich wollte Sie schon fragen, ob Sie die Führungen ab und zu mal übernehmen wollen, Sie passen gut rein, die Leute mögen Sie. Das liegt Ihnen. Viel mehr als mir. Für mich ist das im Grunde gar nichts. Sie haben da einen Krümel, sagte Elner, da links, und sie tupfte mit dem Zeigefinger in sein Gesicht. Dorst zuckte zurück und sah auf den buttrigen Krümel an ihrer Fingerkuppe. Ich rede sonst nie so viel, sagte er, im Gegenteil, eigentlich bin ich schweigsam. Das glauben Sie mir sicher nicht. Elner schnipste den Krümel vom Finger, wohin gehen wir noch mal. Dorst wußte es nicht. Er sagte, Sie werden schon sehen, das habe ich mir für Sie aufgespart, und dachte heftig nach. Elner sah ihn von der Seite an. Jetzt erstmal da vorne links, sagte Dorst und redete weiter, während er überlegte, ich kenne jeden Winkel, weil ich ständig unterwegs bin. Und Sie sind ständig unterwegs, damit Sie jeden Winkel kennen, sagte Elner. Wir können doch auch du sagen, sagte Dorst und bekam rote Flecken am Hals. Stimmt, sagte Elner, können wir. Eigentlich war ich ständig unterwegs, um dich zu finden, sagte Dorst. Dann kannst du ja jetzt eine ruhige Kugel schieben, sagte Elner. Eigentlich schon, sagte Dorst, ja, das müßte gehen. Elner lächelte und faßte Dorst unter den Ellbogen.

Im Gleichschritt liefen sie über das Kopfsteinpflaster zum Rathausplatz. Tauben saßen unbeweglich auf dem Rathausportal, vor dem sich ein Brautpaar an den Händen hielt, flankiert von Verwandten. Das Haar der Braut war in lakkierte Schleifen gewickelt, die Augen hatte sie weit aufgerissen. Der Bräutigam spitzte die Lippen, als ob er pfeifen wollte. Vor ihnen tänzelte ein Fotograf auf und ab und winkte die Verwandten aus dem Bild. Die Sonne schien in erhobene Sektgläser. Dorst blieb stehen und schaute verlegen auf das helle Treiben. Das wolltest du mir zeigen, rief Elner, woher wußtest du denn davon, kennst du die. Dorst spürte, wie sich die roten Flecken vertieften. Nein, nein, sagte er, im Gegenteil, ich meine, ich kenn die nicht, komm, wir trinken einen Tee. Er nahm Elners Hand und zog sie über den Platz. Elner übersah sein rotes Gesicht und redete weiter, die ist ja wahnsinnig aufgedonnert, aber irgendwie ist es doch trotzdem schön. Das Kleid kann die nie wieder anziehen. Aber trotzdem. Sie setzten sich in ein Café um die Ecke. Dorst ließ Zucker in den Milchschaum rieseln und atmete durch. Geht es dir gut, fragte Elner. Bestens, sagte Dorst und hob die Kaffeetasse. Elner wickelte ihren Teebeutel um den Löffel und drückte ihn aus. Dann stieß sie mit ihm an und sagte, jetzt übernehme ich die Führung.

22.

Zu Hause zerriß Dorst das Pappschild und setzte sich an den Küchentisch. Neben der Zeitung vom Vortag lagen abgebrannte Streichhölzer. Dorst schob sie auf dem Kunststoffbelag hin und her und summte. Er hatte Hunger, aber im Kühlschrank war nur grünlich schillernder Schinken und eingelegter Pfeffer. Er holte sich seinen Notizblock und schrieb Elners Adresse auf linierte Blätter, die er in der ganzen Wohnung verteilte, sogar im Kühlschrank. Und wo wohnst du, hatte sie ihm noch hinterhergerufen. Ziemlich weit außerhalb, hatte er gesagt, ich muß dann los. Noch nie war er so erschöpft gewesen. Mit dem Notizblock in der Hand schlief er eingeknickt auf dem Sofa ein.

Am nächsten Morgen holte er einen Faltplan aus dem Regal mit den Stadtführern und suchte Elners Straße. Er türmte die Streichhölzer zu einem kleinen Haufen und überlegte, was er ihr mitbringen könnte. Am Kleiderschrank ging er die Hemden durch, die faltig über Drahtbügeln hingen, seit er sie nicht mehr zu Jasmin brachte. Er putzte sich die Zähne und suchte die alten Schuhe heraus, die er vor Gun getragen hatte. Dann ging er durch den Samstagsstau zu Elner.

Vor Elners Wohnung lag eine Fußmatte mit einem schwungvollen eingeflochtenen Willkommen. Elner öffnete die Tür weit, als hätte sie auf Besuch gewartet, und knotete sich den Gürtel ihres sandfarbenen Morgenmantels fest um den Leib. Na sowas, sagte sie, na, ich bin noch gar nicht vorzeigbar. Mir egal, sagte Dorst, kann ich trotzdem, ja, ja, sagte sie, komm rein, klar. Es roch nach heißer Milch. Sie standen sich gegenüber. Dorst streckte zwei Finger wie Fühler aus und berührte ihre Backe. Sie nahm seine Hand und zog ihn in die Küche. Ich habe nichts mitgebracht, sagte Dorst. Willst du was, sagte Elner, was trinken oder so, es gibt auch Hefezopf. In der Küche war alles gelb. Eine gelbe Kaffeekanne stand zwischen Brötchen und Zucker. Vor gelben Vorhängen wuchs dem Keramikschaf Kresse aus dem Rücken. Am Kühlschrank hingen Bündel von Zetteln unter gelben Magneten. Komm setz dich, sagte Elner. Dorst stand gegen die Spüle gelehnt, Zehen eingerollt. Oder willst du hier rumstehen, sagte Elner. Dorst setzte sich auf einen Klappstuhl neben dem Kühlschrank. 3 Aktenordner kaufen, Pong für Thom, Zitronen Van.stangen Ol.öl, amnesty Freitag 19 Uhr, Der Wandertip fürs Wochenende, Es gibt was zu Feiern, Hundert Schöne Kinderlieder Sig. LIE-2558, Leseausweis!, Thom 799384, las er auf kleinen Zetteln. Wer ist Thom, sagte Dorst. Kollege, sagte Elner und setzte sich mit einem behaglichen Seufzer ihm gegenüber.

Dorst sah sie an, während sie den Hefezopf in Scheiben schnitt und redete. Am Wochenende tank ich auf, sagte sie und schmierte eine Scheibe nach der anderen, jetzt in den Ferien geht es ja noch, aber wenn Schule ist, du kannst dir das nicht vorstellen, immer Kinder im Kopf. Morgenkreis, Pausen, wenn sie hinfallen, kommen sie auch sofort an. Eltern, Grillabend, Rechtschreibreform, es ist immer was los. Übrigens, zieh dir doch die Schuhe aus, das sieht irgendwie ungemütlich aus. Neben ihr wuchs ein buttriger Brotstapel in die Höhe. Aber ich würde nicht tauschen, niemals, ich bin mit Leib und Seele bei der Sache, sagte Elner, doch, so eine bin ich. Für wen schmierst du das, sagte Dorst. Ach so, sagte Elner, hier, für dich, gehört zum Samstag wie das Salz zum Ei. Willst du ein Ei, übrigens. Ich finde, man muß die Dinge ganz machen oder gar nicht. Und du. Ich nehm eins, sagte Dorst, zur Feier des Tages. Danach können wir vielleicht an die frische Luft, sagte Elner, aber jetzt hör ich auf zu reden, du bist ja eher schweigsam, hast du gesagt. Genau, sagte Dorst, ist das die Zeitung von heute.

Sie reichten sich Zeitungsteile und löffelten Ei. Dorst sah zu Elner und streckte die Füße unter dem Tisch aus. Dolce vita, sagte Elner, erinnert mich an Italien, da haben wir früher immer Urlaub gemacht. Unser Haus, das war so ein Ferienhaus, aber nicht schlecht, hatte eine Riesenterrasse, knallige Sonne, und jeden Morgen gab es Eier. Die leeren Schalen haben wir umgedreht und so getan, als wär noch was drin. Mein Vater hat draufgeklopft und gesagt, das klingt aber hohl, kann ich mal das Salz haben, und wir haben uns totgelacht, vor allem Robert. Das ist mein Bruder. Naja. Und wie war das bei euch. Dorst zerbröselte Marzipan zwischen den Fingern und hatte die Augen zu Spalten verengt, durch die er Elner zwischen gelben Punkten gestikulieren sah. Er machte die Augen auf und sagte, wir haben nie Urlaub gemacht, einmal war ich in Tunesien. Tunesien, sagte Elner. Und wie war das so. Erzähl ich dir mal bei Gelegenheit, sagte Dorst, nicht so toll. An Elners Lippe klebte ein Stück Zuckerguß. Dorst stand auf und ging um den Tisch herum. Durch den Flur und hinten links, sagte Elner, Licht ist außen. Dorst nahm ihr die Zeitung aus der Hand und hielt ihr seine Lippen entgegen. Ihre Augen waren weit offen. Dorst sah in das gelbliche Weiß und ließ sich küssen.

Sie machte die Augen erst im Bett zu, sonst nie. Später ging Dorst manchmal mitten in der Nacht, wenn sie sich zusammengerollt und endlich die Augen geschlossen hatte, vor die Tür und stand auf der leeren Straße. Er atmete durch und lief zwischen den Laternen auf und ab. Oben verbreitete sich Elners warmer Geruch in der Wohnung. Im Bett, in dem zu viele Kopfkissen lagen, bekam er heiße Füße und trockene Nasenflügel. Können wir die Kissen nicht rausschmeißen, sagte er nach der dritten Nacht, eins reicht doch, ich kann nicht atmen. Das ist doch gemütlich, hatte Elner gesagt, schieb sie zu mir rüber, ich mag das.

In der ersten Nacht blieb er liegen und schob ihr die Hand unter den Gummizug ihres Schlafanzugs. Elner fing sofort an zu stöhnen und rollte sich schräg auf ihn. Danach sagte sie mit weit offenen Augen, wir sind füreinander gemacht, drehte den Kopf in die Kissen und schlief sofort ein. Dorst nahm die Hand von ihrem Bauch und winkelte die Beine an. Ihr breites, gelb bezogenes Bett schien selbst im Dunkeln noch schwach zu leuchten. Aber Dorst merkte schon, daß ihm die Mandeln anschwollen. Die Kissen quollen ihm von rechts und links ins Gesicht. Er setzte sich auf und schaute zu Elner. Ihr Gesicht konnte er kaum erkennen. Er beugte sich über sie und roch an ihren Haaren, bis ihm der Nacken steif wurde. Dann legte er sich vorsichtig zurück in die Kissen und wartete auf den Schlaf.

Drei Tage lang lag Dorst in Elners großem Bett und schwitzte. Sie stellte ihm das Radio neben den Lindenblütentee und sah im Wohnzimmer Deutschhefte durch. Dorst döste durch Symphonien und Pop. Manchmal kam Elner ins Schlafzimmer und las ihm etwas vor: Am Sontag wollten wir mit der Strasenban faren. Wir musten sehr lange warten. Mama hat Tsitrontee gemacht. Den Tsitrontee haben wir aufgetrunken. Dann ist sie gekomen. Wir sint eingestigen und immer weiter gefarn. Den gansen Tag sint wir gefarn. Wir hatten genug zum essen mit und zum trinken. Dorst stellte sich den Jungen in der Straßenbahn vor, einen kleinen roten Rucksack mit einer Thermoskanne auf dem Sitz neben sich. Seine Füße reichten nicht auf den Boden. Die Straßenbahn füllte und leerte sich. Der Junge schraubte den Verschluß von der Thermoskanne, schnupperte und goß sich einen Becher Zitronentee ein. An den Füßen hatte er dicke Turnschuhe, mit denen er im Dreiertakt gegen den Vordersitz kickte. Dorst schloß beruhigt die Augen. Du solltest sie mal sehen, sagte Elner, was die alles für Ideen haben. Wenn ich die Klassen abgebe, schenken sie mir Topflappen. Magst du Kinder. Lies mir noch was vor, sagte Dorst und legte sich die Hand auf die geschlossenen Augen, hast du eigentlich immer Schlafanzüge an, ich meine auch im Sommer. Wir messen noch mal, sagte Elner und holte das Fieberthermometer, am besten soll man es ja unten reinstecken.

Nach zwei Tagen versuchte Dorst aufzustehen. Er schwitzte bei jedem Schritt, setzte sich nackt an Elners Küchentisch und stützte den Kopf in die Hände. Ich muß wirklich los, sagte er leise, wieder auf die Beine kommen. Was meinst du, rief Elner aus dem Wohnzimmer, bist du etwa aufgestanden. Wir kennen uns doch kaum, sagte Dorst leise. Wie bitte, rief Elner. Ich sollte allmählich mal, rief Dorst. Sollte was, rief Elner. Ich kann doch nicht ewig hier rumhängen. Wieso nicht, rief Elner, ich finde das schön. Macht es dir was aus. Wir kennen uns doch kaum, rief Dorst und stand auf. Er hielt sich mit beiden Händen an der Tischplatte fest und hörte, wie Elner ihren Stuhl zurückschob und hinter ihm in die Küche kam. Also so geht es nicht, sagte sie, du mußt dir Zeit lassen. Warum bist du denn so rastlos. Wie ein kranker Tiger. Das ist eine Sommergrippe, Virusgeschichte, das dauert halt seine Zeit, jetzt komm. Sie nahm ihn am Ellbogen und führte ihn zurück zum Bett, wir machen das zusammen, das ist doch kein Drama. Zwei oder drei oder vier Tage, darauf kommt es doch wirklich nicht an, oder. Ich weiß nicht, sagte Dorst. Danke. Für alles. Er streckte die Beine aus, die in den Gelenken schmerzten, und schloß die Augen. Wenn es mich mal erwischt, kannst du ja Krankenschwester spielen, sagte Elner, dann komm ich zu dir. Dorst wartete, bis sie aus dem Zimmer war, und schüttelte den Kopf.

Am dritten Tag frühstückten sie zusammen. Elner schmierte Dorst ein Honigbrot, ich mach das gern, sagte sie, wirklich. Ich bin praktisch wieder fit, sagte Dorst, gib mal her, ich bin doch kein Erstklässler. In guten und in schlechten Zeiten, sagte Elner. Nächste Woche geht die Schule los, da wird sowieso alles anders, du fängst ja wohl auch wieder mit den Führungen an. Muß mal sehen, sagte Dorst, wenn du nicht mitgehst. Er putzte sich so heftig die Nase, daß seine Augen sich mit Tränen füllten. Du mußt mir noch viel von dir erzählen, sagte Elner. Ach Elner, sagte Dorst und ließ sich von ihr küssen, steck dich ja nicht an. Sie legte ihm ein Frotteehandtuch mit keltischem Flechtmuster ins Bad, wenn du duschen willst, ich geh dann mal einkaufen. Dorst stellte sich unter die Dusche, seifte sich mit Elners Seetangshampoo ein und ließ sich warmes Wasser über die Rippen laufen. Er spreizte die Zehen und sah sich nach Elners Nagelschere um. Er mußte nicht lange suchen, denn alles hatte seinen Platz. In einem Schränkchen neben dem Spiegel lagen Pflaster, Gurgelpulver, Sonnencreme, Wattetupfer und Nagelscheren. Dorst schnitt sich die Nägel und gurgelte in verschiedenen Tonlagen.

Er fühlte sich gestärkt. Nackt ging er durch die Wohnung, blieb vor einem gerahmten Foto stehen, auf dem eine kleine pralle Elner in einem Bollerwagen mit einem Brötchen winkte, schaute in den vollen Kühlschrank und in das Regal mit CDs, das Elner nach Komponisten geordnet hatte. Auf ihrem Schreibtisch lagen Briefe, keiner von Thom, und ein Stapel gestreifter und geblümter Bücher. Manche hatten kleine Schlösser und winzige goldene Schlüssel. Das oberste war aufgeschlagen, und Elner hatte mit Tinte hineingeschrieben: Die Kuh flog übers Kuckucksnest mit sieben jungen Ziegen, die feierten ihr Jubelfest und konnten alle fliegen, die Ziege zog Pantoffeln an, ist übers Haus geflogen, und wenn das nicht die Wahrheit ist, dann habe ich gelogen. Dorst setzte sich in Elners Sessel. Das Schaffell, das sie sich beim Lesen in den Rücken schob, kitzelte ihn an der Wirbelsäule. Nur mit der Ruhe, sagte er in die leere Wohnung hinein, nur mit der Ruhe. Er legte die Beine hoch und wartete auf Elner.

Er wachte auf, als sie mit Einkaufstüten vor ihm kniete. Du hast so blaß ausgesehen, sagte sie, völlig unbeweglich, wie kann man so tief schlafen. Sie steckte ihm einen Zeigefinger in den Bauchnabel und fühlte die winzigen Krater. Dorst zog sie zu sich auf den Sessel, du bist ganz heiß, sagte sie, hast du noch Fieber. Soll ich mal messen. Dorst drückte ihren Kopf an seine Schulter und preßte sie an sich. Bleib hier, sagte er. Tu ich doch, sagte Elner, du willst ja immer weg. Wenn ich da bin, bin ich da. Dorst saß unter Elner und spürte ihr Gewicht auf seinen Knochen. Er schloß die Augen und drückte sie zwischen den Armen, bis seine Muskeln anfingen zu zittern. Eine Weile hielten sie sich umklammert.

Dann verlagerte Elner ihr Gewicht und hob den Kopf. So, sagte sie, mein Bein schläft ein. Und ich hab dir was mitgebracht, Sommerschlußverkauf. Aus einer Plastiktüte zog sie ein moosgrünes Hemd, das steht dir, ich dachte, das ewige Schwarz, das macht doch auf die Dauer völlig fertig. Sie legte das Hemd auf den nackten Dorst, genau deine Farbe. Elner, sagte Dorst, das war nicht nötig, ehrlich nicht. Aber jetzt sag doch mal, die Farbe ist wirklich nicht schlecht, meinte Elner, paßt zu deinen Augen. Ich will dir nichts aufdrängen, kann man auch zurückgeben, oder jemand anderes kriegt es. Wer denn, sagte Dorst, Thom vielleicht. Du spinnst, sagte Elner, willst du es oder nicht. Dorst richtete sich auf, zog das Hemd über und ging an Elner vorbei ins Bett. Danke, sagte er.

23.

Als er wieder gesund war, ging er in seine Wohnung und sah sich um. Es roch nach Kühlschrank. Er öffnete den Kleiderschrank und hängte das moosgrüne Hemd zwischen die schwarzen Sachen. Dann rief er seine Mutter an, ich will dir jemanden vorstellen. Wo hast du denn so lange gesteckt, fragte die Mutter, war irgendwas nicht in Ordnung. Im Gegenteil, sagte Dorst. Vorstellen, was soll denn das heißen, sagte die Mutter, und dann wurde ihre Stimme höher, du meinst, ach ich Trottel, na unbedingt, endlich, wie schön für dich. Wann wollt ihr kommen. Was macht sie denn beruflich. Ach was frage ich, na kommt doch einfach vorbei, vielleicht am Montag.

Am Montag war Elners erster Schultag. Dorst ging abends zu ihr und riß Zeitungspapier von einem großen Strauß Sonnenblumen. Danke für alles, sagte er. Elner nahm den Strauß mit beiden Händen und hielt ihn vor sich. Was für ein Trubel, sagte sie, die Kinder waren völlig aufgedreht, drei waren noch in Ferien, das dürfen die gar nicht. Aber als sie dann alle da saßen, also das war richtig gut, anstrengend, aber gut, so, und jetzt erstmal Verschnaufpause. Elner, sagte Dorst, ich muß dich um was bitten, kannst du dir vorstellen, mit zu meiner Mutter zu kommen, ich meine, jetzt gleich. Elner zögerte kurz, dann sah sie Dorst an und sagte, du bist ja richtig aufgeregt.

Sie fuhren mit der Straßenbahn. Diesmal stieg Dorst an der richtigen Haltestelle aus. Was ist eigentlich mit deinem Vater, sagte Elner, sind sie geschieden oder was. Sie trug ein braunes Hemd und lila Pluderhosen. Deine Mutter muß ja denken, du erzählst mir nichts. Stimmt ja auch, sagte Dorst.

Die Mutter hatte auf dem Couchtisch Sektgläser und Salzbrezeln mit Camembert gerichtet. Ich hab schon eins getrunken, sagte sie an der Tür, gegen die Aufregung, ich meine, das passiert hier nicht alle Tage, wissen Sie. Ich bin ja so froh, daß er jemanden gefunden hat. Mami, sagte Dorst, das klingt ja vielleicht. So mein ich es nicht, sagte die Mutter, im Gegenteil. Ich hör besser auf zu reden, aber wissen Sie, er ist immer viel allein gewesen, Männer verschraten doch auf die

Dauer so ganz ohne Frau, oder seh ich das falsch. Frauen übrigens auch, wir sind eben doch füreinander gemacht. Immer nur Gregor, Gregor, Gregor, manchmal dachte ich schon, aber das hat er Ihnen ja sicher alles erzählt, ich halt jetzt mal den Mund, auf euch beide, Sekt klingt ja nicht beim Anstoßen, wissen Sie vielleicht warum. Sehr viel hat er mir noch nicht erzählt, sagte Elner. Er ist eher schweigsam, sagte die Mutter, das war immer schon so, seit dem Tod meines Mannes, aber ich rede sonst auch nicht so viel, das liegt nur an dem Gläschen vorneweg, auf nüchternen Magen, lieber schreibe ich alles auf, das habe ich damals angefangen, um den Druck zu mildern, man muß es halt loswerden, sonst läuft man ständig vor sich selber weg. Elner blickte verwirrt in ihr Sektglas. Inzwischen gibt es ja viele alleinerziehende Mütter, sagte die Mutter, aber damals, ich wußte wirklich oft nicht, was in ihm vorgeht, Kinder können so seltsam sein. Mami, sagte Dorst. Haben Sie Kinder, fragte die Mutter, oder wollen Sie, ich meine, ich weiß ja gar nicht, in welcher Lebensphase Sie gerade, also jetzt hör ich mit dem Reden auf, und Sie erzählen. Ich bin Lehrerin, sagte Elner, heute hat die Schule angefangen. Erster Schultag, sagte die Mutter, ich weiß noch genau, wie das bei ihm war, Schultüte, Frau Bries hieß die Lehrerin, eine ganz junge, die hatte sehr viel Verständnis, als die Dinge dann schwierig wurden. Wenn man nur ein Kind hat, bleibt alles sehr scharf in Erinnerung, ich hätte ja doch gern mehr gehabt, aber da ging es meinem Mann schon so schlecht. Die Mutter schenkte nach, jedenfalls hatte ich immer ein schlechtes Gewissen, immer, auch als dann später alles ein bißchen leichter wurde und wir uns mal was gegönnt haben, sogar den einen oder anderen Urlaub. Tunesien, sagte Elner. Ach, das hat er Ihnen erzählt, sagte die Mutter, mal andere Eindrücke, was Exotisches, ich hab das ja aufgesogen, aber das Damoklesschwert hing immer über uns, man wußte nicht, wie er sich entwickeln würde.

Hör mal, sagte Dorst. Elner saß sehr gerade auf dem Sofa, ohne ihren Rücken anzulehnen, und schaute zwischen Dorst und der Mutter hin und her. Ich hätte mir da schon einiges vorstellen können, sagte die Mutter, da war viel Potential, wir waren uns alle einig. Als Kind warst du so musikalisch. Wobei ich ja glaube, daß im Kern jeder Mensch, was glauben denn Sie als Lehrerin. Ich bin grundsätzlich zuversichtlich, sagte Elner. Aber manche doch eben mehr als andere, sagte die Mutter. Nehmen Sie auch noch einen Schluck, und wie ist es mit dir. Und Arzt wolltest du lange werden, das hattest du dir richtig in den Kopf gesetzt, als die anderen Kinder noch Feuerwehrmann werden wollten oder Lokomotivführer. Wollte ich auch, sagte Dorst. Du wolltest die Menschen gesund machen, sagte die Mutter, und das Abitur war ja weiß Gott gut genug, hat er Ihnen das mal erzählt, eine glatte Eins Null, die Welt stand ihm offen. Du hast nie durchgehalten, Ameisen im Hintern, habe ich früher immer gesagt, Hummeln könnte man auch sagen. Ich darf Ihnen das alles so offen erzählen, Sie werden es ja selbst früh genug merken, es ist immer gut, mal eine andere Perspektive zu hören. Wo habt ihr euch denn kennengelernt, ich bin so froh, daß du nicht mehr allein durch die Welt irrst, ich kann es dir gar nicht sagen. Sie wohnen schön hier, sagte Elner und sah aus dem Fenster. Diese Wohnblöcke, sagte die Mutter, es hat was für sich, aber zuwenig Grün, wissen Sie, ich laufe jeden Abend meine Runden, ganz gemütlich, aber auf dem Asphalt, das geht allmählich auf die Gelenke, und die sind ja nicht mehr ganz jung. Jedenfalls. Jedenfalls freue ich mich, Sie kennenzulernen, das nächste Mal stoßen wir dann auf das Du an, und Sie müssen von sich erzählen, Sie denken sicher jetzt, ich wäre völlig egozentrisch, ihr kommt einfach vorbei, wenn euch der Sinn danach steht, und wir laden Herrn Quoirin, ich meine meinen Bekannten, den laden wir dazu ein. Elner stand auf und legte eine Hand auf Dorsts

Schulter. Dann sollten wir mal, sagte sie. Die Mutter blieb sitzen und lächelte.

Sie hat doch Haare, sagte Elner im Aufzug, ich weiß gar nicht, was du hast. Dorst hatte es die Sprache verschlagen. Er stand still, hatte die Augen halb geschlossen und wartete auf Elners Fragen. Statt dessen sagte sie, morgen haben wir Schulgottesdienst, schon um halb neun, und dieser Pfarrer ist immer zu früh. Fahren die Straßenbahnen denn jetzt noch. Es ist gar nicht so spät, sagte Dorst erschöpft, das kommt dir nur so vor, die fahren alle zehn Minuten, wie immer. Bis zu ihrer Wohnung fragte Elner nichts und ließ ihn schweigen. Sie hielt Dorst die Tür auf, dann komm. Dorst wollte nach Hause, aber er war zu müde, um Widerstand zu leisten. Sie hatte einen sitzen, sagte er, einen in der Krone. Sie läßt einen nicht in Ruhe. Komm, sagte Elner wieder, jetzt komm erstmal hoch, ich brauche was Herzhaftes nach all dem Sekt. Dorst stand auf der Treppe und schüttelte den Kopf. Seine Haare rieben an der verputzten Wand. Was sie alles von einem will, sagte er. Ich bin schon oben, rief Elner aus der Wohnung, wenn du darüber reden willst, reg dich ab und komm hoch. Nein, rief Dorst, was soll man denn schon sagen.

24.

In den nächsten Wochen fing Elner doch zu fragen an. Sie legte Fragen aus wie Köder. Im Supermarkt fragte sie an der Käsetheke, hast du gern Geige gespielt, das ist ja gar nicht so einfach, oder. Durch den Kaffeedunst, der ihnen im Wanderlokal an der Endhaltestelle die Sicht vernebelte, fragte sie, seid ihr früher sonntags auch gewandert. Mit dem erhobenen Stift über einem Packen Rechenarbeiten fragte sie, hattest du denn in allen Fächern eine Eins, na wahrscheinlich. Dorst murmelte vor sich hin und hielt sich die Zeitung vor das Gesicht. Manchmal sagte er, ich kann das jetzt nicht erklären, oder, erzähl ich dir mal irgendwann, oder, ich sollte dann mal.

Als er sich im Flur gebückt die Schuhe band, Bauch am Hosenbund eingedrückt, fragte Elner laut aus der Küche, stimmt das, daß du keine Freunde hattest. Die Tür zum Treppenhaus stand schon halb offen, und ihre Stimme schallte durch das ganze Haus. Dorst richtete sich auf. Sein Kopf war blutgefüllt. Er ging in die Küche, riß das tönerne Schaf von der Fensterbank und schleuderte es gegen die Spülmaschine. Es prallte ab, kreiselte über den Boden und kam mit einem leisen Klirren vor seinen Füßen zur Ruhe. Nur am Schwanz war ein kleines Stück abgesplittert.

Vielleicht noch ein bißchen lauter, sagte Dorst mit einer leisen, scharfen Stimme, die er selbst nicht erkannte, damit es auch alle hören, bitteschön. Er stieß die Küchentür weit auf. Elner hob das Schaf auf und stellte es auf die Spüle. War doch nur eine Frage, sagte sie. Schließlich schläfst du in meinem Bett. Ich frag dich ja auch nicht, sagte Dorst, plötzlich müde, und ging zur Tür. Kannst du aber, sagte Elner, ich hab doch keine Geheimnisse, im Gegenteil. Mit der Wahrheit hatte ich noch nie Probleme. Frag doch. Ihre Stimme wurde dringender. Dorst zog die Tür hinter sich zu.

Gegen Weihnachten fingen sie an, Scrabble zu spielen. Das langweiligste Spiel der Welt, sagte Elner zufrieden und ließ die Buchstaben in die Rille ihres Holzbänkchens klacken. Sie saßen Knie an Knie, stritten sich um Wörter und Punkte und tranken wütend Kräutertee. Elner griff sich mit beiden Händen in die Haare und suchte Wörter mit Ypsilon. Die Wut war angenehm und vorhersehbar. Wenigstens kommst du zur Ruhe, sagte Elner. Nach dem Scrabble blieb Dorst bei Elner und ließ sich im Bett von ihr lieben. Danach stülpte Elner die Unterlippe vor und schlief sofort ein. Er warf auf seiner Seite alle Kissen auf den Boden.

25.

Du könntest bei mir wohnen, wenn ich schon nicht zu dir kommen darf, sagte Elner, ist doch genug Platz. Dorst schwieg und schaute auf die Zettel am Kühlschrank. Es waren dieselben wie bei ihrem ersten Frühstück. Ich fände das schön, sagte Elner, das weißt du ja. Wir könnten eine Miete sparen. Und wo soll ich arbeiten, sagte Dorst. Aber du arbeitest ja gar nicht, sagte Elner, diese Führungen, was ist eigentlich damit. Zu kalt, sagte Dorst, falsche Jahreszeit. Elner schob den gelben Salzstreuer hin und her. Den hab ich seit dreieinhalb Jahren, und hab ich dir schon mal erzählt, daß ich den noch nie nachgefüllt habe, sagte sie. Ja, sagte Dorst. Elner dachte nach und sagte plötzlich, ich bestelle bei dir eine Führung. Genau. Du machst eine Führung für meine Klasse. Sie wurde aufgeregt. Das wird phantastisch, du bist so gut, du wirst sie begeistern, es paßt genau ins Thema, und du lernst sie alle kennen. Wir gehen zusammen durch die Stadt, wir beide und zwanzig Kinder, wie findest du das. Als Dorst die Hand hob, sagte sie schnell, wir bezahlen dich, ich spreche das gleich auf dem nächsten Elternabend an. Ich sehe es schon vor mir. Moment, sagte Dorst, ich habe noch nie mit Kindern zu tun gehabt, noch nie, verstehst du. Bist du sicher, sagte Elner, jeder kennt doch irgendein Kind. Ich nicht, sagte Dorst und dachte an Ruben. Aber du warst selbst Kind, sagte Elner. Dorst nahm den Salzstreuer und schüttelte ihn über der Wachstischdecke. Kommt nichts raus, sagte er.

Elner ließ nicht locker, bei dieser Sache nicht, sagte sie. Das ist nun wirklich mal eine gute Idee. Bringt dich wieder an die Arbeit. Um mich brauchst du dir keine Sorgen zu machen, sagte Dorst, ich hab genug zu tun. Die Eltern waren Feuer und Flamme,sagte Elner. Am besten wäre Mitte Februar. Oder Anfang März, wie du willst, nur Ende Februar ist schlecht, da kommt Karneval dazwischen. Wie, du hast schon mit ihnen gesprochen, sagte Dorst. Er nahm den Arm aus ihrem Haar, zerrte an der Wolldecke, die Elner fest um ihre Waden gewickelt hatte, und versuchte aufzustehen. Was ist bloß mit dir los, sagte Elner, du bist wirklich ein Sonderling. Als er sich die Jacke überzog, stand Elner im Türrahmen und schaute ihn nicht an. Für mich, sagte sie.

Dorst saß zwei Wochen über seinen Notizen und ging nicht ans Telefon. Bei dem Gedanken an zwanzig drängelnde Kinder mit Kaugummibacken, bunten Rucksäcken und offenen Schnürsenkeln stieg ihm ein saurer Geschmack in die Kehle. Er beschrieb Zettel, lernte sie auswendig und ging murmelnd durch die Stadt, verstohlen nach rechts und links weisend. An die Badezimmerkacheln klebte er mit Tesafilm die wichtigsten Stationen, um sie beim Zähneputzen auswendig zu lernen. In der Fußgängerzone hielt er nach achtjährigen Kindern Ausschau und folgte ihnen unauffällig. Sie waren immer mit Erwachsenen unterwegs und trugen hohe Turnschuhe. Nach zwei Wochen hatte Dorst genug Ideen gesammelt, nachgelesen, abgeschrieben, alle eng bekritzelten Zettel auswendig gelernt und in Geschenkpapier eingeschlagen. Für Elner, schrieb er auf eine Grußkarte mit Sonnenblumen und legte ihr das Paket vor die Tür. Als sie anrief, ging er ans Telefon.

26.

Ich wußte es, ihre Stimme schwappte vor Freude über, auf dich ist Verlaß, ich wußte es einfach. Aber ich brauche noch Zeit, sagte Dorst unbehaglich, das muß sich erst setzen. Man muß es ja nicht überstürzen. Wieso denn überstürzen, sagte Elner, wir sind mitten im Thema, die Kinder wissen es schon, die haben Fragen vorbereitet. Fragen vorbereitet, sagte Dorst, aber du wußtest doch gar nicht, ob ich überhaupt, ich meine, ob es, doch, rief Elner, eben das wußte ich. Dorst schwieg. Ich mache den Rioja auf, sagte Elner, dann können wir ja alles noch einmal durchsehen, ich fände es schön, wenn wir auch in den Pilztunnel gehen könnten.

Aber das war für dich, sagte Dorst. Jetzt komm erstmal, sagte Elner, der Wein ist schon auf. Ich denke, du willst ihn erst aufmachen, sagte Dorst düster. Willst du dich unbedingt streiten, sagte Elner, dann aber nicht am Telefon, kommst du oder nicht. Dorst atmete langsam durch die Nase und nickte.

Als er in ihre Wohnung kam, hatte sie einen großen Stadtplan auf dem Boden ausgebreitet und fuhr mit dem Finger darüber. Endlos laufen sie nicht mit, sagte sie, man muß an die Entfernungen denken, da steht dein Wein. Auf dem Tisch standen zwei Gläser, deren Ränder sich berührten. Elner, sagte Dorst und lehnte sich in den Türrahmen. Es war sehr warm. Im Heizkörper klirrten Luftblasen. Elner klopfte mit einem Kugelschreiber gegen ihre tomatenroten Lippen. Mir ist in der Straßenbahn etwas eingefallen, sagte Dorst schnell, warum machst du nicht die Führung, du hast ja jetzt alles beisammen, wir sprechen es durch, und ihr geht in aller Ruhe durch die Stadt. Er sprach immer schneller, und abends erzählst du mir alles, dann haben wir beide etwas davon, wie wäre das. Elner runzelte so heftig die Stirn, daß die Haut über ihren Augenbrauen rötlich anlief. Sie sah auf den Kugelschreiber, dann auf den Stadtplan. Wie kann man sich so anstellen, sagte sie leise. Dorst bewegte die Schulterblätter, griff nach dem Wein und hielt ihr ein Glas vor die Lippen, hier für dich, vergiß es, vergiß es, ich mache es. Natürlich.

Nach Neujahr schien es immer mehr Achtjährige zu geben. Überall saßen sie auf ihren klobigen Schulranzen und scharrten mit den Turnschuhen. Sie holten verschmierte Pfandflaschen aus den Papierkörben und sagten mit ihren hohen lauten Stimmen, dreißig Pfennig, geil. Dorst konnte alle Stationen auswendig und hatte von Elner eine Namensliste bekommen. Damit dir die Namen etwas sagen, ich habe dir ja schon von Mirco erzählt, und Lisa, die hat gerade eine Mandelentzündung hinter sich. Aber du bist doch dabei, sagte Dorst. Ich meine ja nur für alle Fälle, sagte Elner, also wir treffen uns um halb drei am Reiterdenkmal, bei jedem Wetter. Ja, sagte Dorst. Halb drei, nicht drei, sagte Elner. Ich weiß, sagte Dorst, halb drei. Wenn du wüßtest, wie wichtig das für mich ist, sagte Elner und küßte ihn auf das Ohr, bis nachher dann.

Um zwei packte Dorst Herrn Quoirins Tasche, zog sich das Cordjackett über und ging sehr langsam in die Stadt. Mirco, Lisa, Elmar, murmelte er, Timo, Robert, Julia, Till, Suse, Vinzent, Pia. Seine Nase war über Nacht zugeschwollen. Er mußte durch den Mund atmen und fühlte die rauhe Luft am Zahnfleisch. Neben der letzten Ampel vor der Fußgängerzone blieb er stehen und ging in Gedanken die Stationen durch. Als die Ampel auf Grün schaltete, wußte er plötzlich, daß die Führung Ruben nicht gefallen hätte.

Sofort brach ihm der Schweiß aus allen Poren. Beim Gehen rutschten die Füße auf feuchten Socken. Das Jackett schien seine Arme zu umklammern. Das wäre nichts für ihn, sagte er leise, um sich zu vergewissern, das wäre nichts für ihn. Wieder blieb er stehen. Das Reiterdenkmal ragte zwischen den Einkäufern in die Höhe, er sah den steinernen Kaiser, der sich auf dem bäumenden Pferd leicht zurücklehnte. Zehn Meter ging er noch. Als ihn zwei Achtjährige überholten, deren Rucksäcke auf den bunten Anoraks hin und her sprangen, machte er kehrt und eilte durch Seitenstraßen zum Fluß, über die Wiesen, hinter den Sportanlagen und dem Schrottplatz zur Straßenbahn.

27.

Elner rief nicht an. Nach Wochen klingelte Dorst bei ihr. Niemand öffnete. Dorst suchte unter der Fußmatte nach dem Schlüssel, stieß aber nur auf Sand und eine Fichtennadel. Er lehnte sich an die Wand und wartete bis in die Nacht. Manchmal meinte er, einen Teller klirren oder eine Tür quietschen zu hören. Dann sagte er laut durch die Tür, Elner, es tut mir leid, hör mir wenigstens zu. Eine ältere Frau trug ein Bügelbrett an ihm vorüber in den vierten Stock. Ein junger Mann fuhr sich über den Schnurrbart, als er Dorst zusammengekauert an der Wand lehnen sah, und nahm zwei Stufen auf einmal. Dorst saß auf tauben Knien und verwünschte sich. Nach Stunden schloß er die Augen und begann, sich leicht zu wiegen. Aus dem vierten Stock dröhnte plötzlich Fernsehgelächter, und die ältere Frau kam in pelzigen Hausschuhen die Treppe herunter. Sie sind ja immer noch da, sagte sie zu Dorst, der mühsam die Lider hob, haben Sie das Schild nicht gelesen, wenn Sie hier nicht verschwinden, hol ich die Polizei. Dorst starrte auf ihre Füße, die in den pelzigen Hausschuhen wippten wie unruhige Tierchen. Langsam streckte er die Beine und sagte müde, jetzt machen Sie sich mal nicht in die Hose. Da riß Elner die Tür auf. Ihre Haare sahen aufgeplustert auf. Danke fürs

Warten, sagte sie und zerrte ihn am Handgelenk in die Wohnung. Ja meine Güte, sagte die Frau mit hoher Stimme. Elner schlug die Tür zu.

Sie standen in der Diele und hörten das Schlurfen der Hausschuhe auf den Stufen. Dorst war schwach auf den Beinen und stampfte gegen das Prickeln in seinen Waden vorsichtig auf den Teppich. Dann komm rein, sagte Elner, in Gottes Namen. Es tut mir wirklich leid, sagte Dorst und rieb sich das rechte Bein. Elner stand mitten im Wohnzimmer, hob die Arme und sagte, ich war bei deiner Mutter.

Dorst hielt inne, Hände um die rechte Wade geklammert, und schaute auf den Teppich. Langsam richtete er sich auf. Ja, sagte Elner, was erwartest du. Du läßt mich hängen, einfach so, du läßt mich mit vierundzwanzig aufgeregten Kindern am Reiterdenkmal verschimmeln. Die standen da mit ihren Fragebögen, ich brauch es dir ja wohl nicht zu beschreiben, die haben geheult, ich durfte mir eine Stadtführung aus den Fingern saugen. Ihre Stimme wurde lauter, das ist nicht normal, verstehst du. Hotel Elner, immer zu Diensten, aber wenn ich einmal was von dir will. Ein einziges Mal. Das war ja wohl nicht zuviel verlangt. Daß du einmal da bist.

Du warst bei meiner Mutter, sagte Dorst leise. Ja, war ich, schrie Elner, ich war bei deiner verdammten, beschwipsten Mutter, um endlich rauszukriegen, was mit dir los ist, das ist ja wohl mein gutes Recht. Immer haust du ab. Das ist doch kein Leben. Wie soll ich denn mit dir zurechtkommen, du sagst keinen Ton, ich hatte ja keine Ahnung. Und jetzt hast du Ahnung, sagte Dorst leise. Sie hat sich sehr gefreut, mich zu sehen, sagte Elner.

Dorst ging rückwärts in die Diele und riß die Wohnungstür wieder auf. Erzähl es doch allen, los, sagte er. Elner drängte sich neben ihn und trat die Tür ins Schloß, wenn du dein Maul nicht aufkriegst, so jemanden wie dich hab ich noch nie erlebt. Wie soll ich denn mit dir zurechtkommen. Dorst stand still und hielt sich die Fäuste vor die Augen. Elner stand neben ihm und atmete durch den Mund. Dorst nahm die Hände von den Augen. Gar nicht, sagte er.

Vor dem Haus blieb er stehen und preßte sich die Faust in den Mund. Es war still. Er drehte sich um und suchte die Fassade ab. In Elners Wohnung sah er kein Licht. Es muß doch Licht geben, sagte er vor sich hin, eben war doch Licht. Wenn sie das Licht wieder anmacht, gehe ich zurück. Er wartete, bis die Fenster vor seinen Augen ineinanderschmolzen. Dorst nahm die Faust aus dem Mund und sah die Bißstellen auf den Knöcheln. Er preßte die Hand zusammen, bis sie weiß wurde, und setzte sich in Bewegung.

Am Straßenbahndepot hockte er sich hinter ein Wartehäuschen und schlief ein. Irgendwann hörte er Metall auf Metall. Männer riefen sich etwas zu. Dorst setzte sich auf und fuhr sich mit den Händen durch die Haare. Die Bißstellen an seiner Faust waren über Nacht zurückgegangen. Er schob die Faust noch einmal zwischen die Zähne und frischte sie auf. In seine Wohnung konnte er nicht gehen. Die Kälte hatte sein Gesicht steif und seine Knie taub gemacht. Er mußte in Gang kommen, um warm zu werden.

28.

Vier Nächte schlief er im Pilztunnel. Vielleicht käme Elner ihn suchen. Die Stille der Pilze ließ ihn schnell einschlafen, aber bei jedem Geräusch der Nacht schreckte er hoch und erwartete Elner. Manchmal pflückte er Pilze und strich über ihre glatten, schleimigen Hüte. Ständig lief ihm die Nase, und aus den Augenwinkeln quoll ihm weißes Wasser. Er kaufte sich Kaffee und Brezeln, mehr wollte er nicht.

Am Bahnhof sah ihm eine alte Frau in die Augen, drückte ihm fünf Mark in die Hand und sagte, lassen Sie sich nicht hängen, Menschenskind, ein junger Mann wie Sie, es gibt doch schon genug von der Sorte. Dorst schüttelte nur den Kopf.

Er setzte sich auf ein Mäuerchen und ließ sich von dünnen Hunden beschnuppern, die sich duckten, wenn er die Hand hob. Senta hier, rief einer der rotgesichtigen Männer, die am Kiosk mit lauten Stimmen verhandelten. Ein ockerfarbener Hund mit flachen Ohren löste sich aus dem Rudel und tänzelte zum Kiosk. Fuß, sagte der Mann, und der Hund sperrte das Maul auf. Der Mann drückte ihm eine leere Zigarettenpackung zwischen die Zähne. Die anderen lachten. Dorst stand auf und ging hinter den Tiefgaragen entlang zum Augenarzt.

Im Fahrstuhl schüttelte er seinen Mantel aus, fuhr sich mit dem Ärmel über die Nase und räusperte sich. Die Sprechstundenhilfe sah kurz hoch und wandte den Blick sofort wieder zum Bildschirm, auf dessen Gehäuse zwei Plastikeulen schmusten, wann waren Sie zum letzten Mal bei uns, bitte noch kurz im Wartezimmer Platz nehmen. Kann ich mir mal die Hände waschen, sagte Dorst, schloß sich im Patientenklo ein und weichte die Arme bis zu den Ellbogen in streng riechender Flüssigseifenlauge ein. Vor dem Spiegel sperrte er den Mund auf, bis der Kiefer knackte, und versuchte mit den Fingernägeln den weißen Belag von der Zunge zu kratzen. Mit Papiertüchern rieb er sich den Nakken. Er schaute sich in die Augen. Die Pupillen waren hinter einem milchigen Schleier verschwunden. Er band sich die Schnürsenkel, ging ins Wartezimmer und hielt sich eine Frauenzeitschrift vor das Gesicht.

Niemand sprach. Er preßte die Ellbogen an den Körper, um den Schweißgeruch bei sich zu behalten, und wartete.

Als er an die Reihe kam, mußte man ihn schütteln. Ach so, sagte er und ging mit angelegten Ellbogen ins Behandlungszimmer. Mit kaum verhohlenem Mißmut leuchtete der Arzt ihm in die Pupillen, zog seine Lider nach oben und spähte in die Augenwinkel. Tränendrüsenkanalentzündung, sagte er, dreimal täglich ein Strang Kanamytrex. Er gab Dorst nicht die Hand. Dorst ging blinzelnd durch die Stadt, preßte sich Salbenstränge in die Augen und fand sich nach Anbruch der Dämmerung in seiner Straße wieder. Den Schlüssel zu seiner Wohnung hatte er noch.

Seine Wohnung war fast so kalt wie der Pilztunnel. Er drehte die Heizung auf und hörte dem Wasser zu, das in die Heizkörper schoß. Ein Geruch nach warmem Staub breitete sich aus. Dorst riß den Telefonstöpsel aus der Wand und ließ heißes Wasser in die Badewanne. Die Kleider warf er auf den Boden. Dann setzte er sich auf den Rand der Badewanne und tauchte Zehen, Fersen, Füße bis zu den Knöcheln, dann bis zu den Waden in das dampfende Wasser. Seine Haut färbte sich tiefrot. Er ließ das Wasser bis zu den Knien kriechen und zwang sich dann ganz hinein, hielt die Luft an, tauchte bis an die Haarwurzeln unter. Die Haut straffte sich und begann zu pulsieren. Plötzlich schien ihm das Wasser eiskalt, er merkte, wie eine Gänsehaut über den ganzen Körper lief. Als die Hitze in einer Welle zurückkam, stand er schnell auf und sah an sich herunter. Scharlachrot brannte seine Haut am ganzen Körper. Die Fingerkuppen und das Gesicht waren angeschwollen. So, sagte er leise, jetzt noch Zähne putzen. Er nahm die Zahnbürste und schabte so lange, bis das Zahnfleisch glühte. Dann hüllte er sich in den alten Morgenmantel, legte sich auf das Sofa und schloß die Augen.

29.

In einem Kiosk leuchten Bonbons hinter Plexiglas. Wenn du die alle in eine Wanne kippen würdest, sagt Dorst zu einem kleinen Jungen, der neben dem Kiosk kauend auf seinem Schulranzen sitzt, könntest du in Bonbons baden. Der Junge schaut Dorst nicht an. Die roten sind gut, sagt Dorst. Die grünen auch, sagt der Junge nach einer Pause. Und die weißen, fragt Dorst. Der Junge denkt nach und sagt, eklig. Die schmecken wie Zahnpasta. Eklig, sagt Dorst.

Eine Straßenbahn bahnt sich ihren Weg die Straße hinauf. Tschüß, sagt der Junge und nimmt seinen Schulranzen. Ich fahr auch mit der Bahn, sagt Dorst. Sie werden von den Aussteigenden auseinandergedrängt. Dorst steigt als letzter ein. Fahrscheine bitte am Automaten lösen, sagt eine metallische Stimme. Hinter Dorst ruft jemand, ich hab dir was freigehalten.

Dorst sieht über Fellmützen und Baseballkappen hinweg den Jungen, der sich auf einem Doppelsitz ausgestreckt hat. Die Füße hat er auf die Polster gelegt, den Ranzen danebengestellt. Dorst setzt sich neben den Jungen und nimmt den Ranzen auf den Schoß. Ist der schwer, sagt er. Das ist, weil wir so viele Fächer haben, sagt der Junge, Deutsch, Mathe, Sachkunde, Reli, Musik. Fährst du oft Straßenbahn, fragt Dorst. Klar, sagt der Junge. Ich auch, sagt Dorst.

SERIE PIPER

Ingvar Ambjörnsen

Ausblick auf das Paradies

Roman. Aus dem Norwegischen von Gabriele Haefs. 208 Seiten. SP 2575

Elling, zweiunddreißigjähriger Frührentner, hat sich das Leben nach dem Tod seiner Mutter ganz gut eingerichtet: Im Zentrum steht seine heimliche Liebe zur norwegischen Ministerpräsidentin Gro Harlem Brundtland, er sammelt und archiviert alles, was über sie in der Zeitung steht. Gelegentlich ausbrechende erotische Phantasien sind ihm eher peinlich. Außerdem hat er sich ein teures Fernglas gekauft. Wenn er das auf den Nachbarblock richtet, kann er Abend für Abend verfolgen, was sich hinter den erleuchteten Fenstern abspielt, reichlich Stoff für Geschichten, Lebensläufe und ausgedachte Ereignisse. Doch Ellings Phantasien werden immer absurder, seine Spekulationen immer abenteuerlicher, die Realität kommt ihm immer mehr abhanden, zuletzt steht das Sozialamt vor der Tür. – Ingvar Ambjörnsen verheimlicht nicht, daß in diesem komischen und hinterhältigen Roman ein wenig Hitchcock grüßen läßt. Mit sanfter Perfidie steigert er die Irritation der Geschichte zum beklemmenden Finale.

Ententanz

Roman. Aus dem Norwegischen von Gabriele Haefs. 256 Seiten. SP 2578

»Ein literarisches Idiotenporträt höchsten Ranges – Elling ist der Fürst Myschkin der norwegischen Sozialdemokratie.«
Der Spiegel

Blutsbrüder

Roman. Aus dem Norwegischen von Gabriele Haefs. 255 Seiten. SP 2776

Ein hinreißender Schelmenroman um Elling, den liebenswerten Kerl mit der wundervollen Macke. Mit seinem Kumpel Kjell verläßt Elling die Psychiatrie und nimmt in Oslo wieder den Kampf mit dem Alltag auf. Lustig wird es aber erst, als die beiden eines Tages ihre Nachbarin Reidun kennenlernen, in die sich Kjell auf der Stelle verliebt. Zu dritt werden sie bald eine richtige kleine Familie.

Katarina Mazetti

Der Kerl vom Land

Eine Liebesgeschichte.
Aus dem Schwedischen
von Annika Krummacher.
202 Seiten. SP 3460

Desirée ist Mitte Dreißig, arbeitet in der Stadtbücherei, und seit dem Tod ihres Mannes hört sie ihre biologische Uhr besonders laut ticken. Der Landwirt Benny hat den elterlichen Betrieb übernommen und ist auf der Suche nach einer lebenstüchtigen und handfesten Frau, die ihm auf dem Hof zur Seite stehen kann. Ausgerechnet auf dem Friedhof begegnen sich die beiden: Er sitzt vor dem überladenen Grab seiner Eltern und sie vor dem nüchternen Grabstein ihres Mannes. Es funkt zwischen den beiden, oder, wie Benny es ausdrückt, »es fühlte sich so an wie damals, als ich mich aus Versehen gegen den Elektrozaun lehnte«. Doch zwei völlig unterschiedliche Lebenswelten prallen aufeinander, und nach einigen leidenschaftlichen Wochen erwachen die beiden aus ihren Träumen. Mit Feingefühl und trockenem Humor erzählt Katarina Mazetti die tragikomische Geschichte einer Liebe, die unmöglich scheint – aber ist sie es wirklich?

»Die Schilderungen der Begegnung zwischen Desirée und Benny und des nachfolgenden Kulturschocks sind urkomisch und glänzend gut geschrieben. Katarina Mazettis Sprache ist sehr lebendig und die Erzählung unerhört humorvoll und treffend.«
Stockholms Tidningen

»Eine sehr komische und gleichzeitig sehr tragische Geschichte, mit viel Humor und Feingefühl erzählt. Ein Buch, das Mut zum Außergewöhnlichen macht.«
Westdeutscher Rundfunk